AlgaR
EDITORIAL

Últimos títulos publicados en Calcetín Rojo - A partir de 10 años

12. *El niño que confundió a su prima con una manzana.* Carlos Puerto / Pablo Núñez
15. *El trébol de esmeraldas.* Lucía Baquedano / Alfonso Abad
19. *Las vacaciones de Saída.* Eva Peydró / Horacio Elena
25. *El invernadero del terror.* Jenny Nimmo / David Roberts
29. *Lucas y Lucas.* Pilar Mateos / Gerard Miquel
32. *Dedos fríos en la niebla.* Alan Monroe-Finch / Enric Climent
37. *Las tormentas del Mar Embotellado.* Ignacio Padilla / Ana Ochoa
38. *¡Vaya lío de ratas y gatos!* Anna Tortajada / Mabel Piérola
40. *Viene el río recitando.* Antonio García Teijeiro / Carme Peris
44. *¡Hola, estúpido monstruo peludo!* Fina Casalderrey / Marina Seoane
47. *Jack Piesalados.* Philip Pullman / David Mostyn
51. *¡Vaya par de merluzos!* Pasqual Alapont / Francesc Santana
57. *La palabra más hermosa.* Jordi Sierra i Fabra / Agustín Riccardi
60. *Un fantasma para Ángela.* Lucía Baquedano / Toni Cabo
64. *Ladrones de cartas.* Seve Calleja / Laura Súa
65. *El caso de la pluma de plata.* Pasqual Alapont / Cristina Sardà
70. *Piratas en zapatillas.* Teresa Broseta / Rodrigo Lujan

Existen unas *Propuestas didácticas* referidas a este libro que se pueden descargar de forma gratuita desde la página web de Algar www.algareditorial.com.

Apartado de correos 225
46600 Alzira
www.algareditorial.com
Diseño de la colección: *Enric Solbes*
Impresión: *Guada Impresores*

1ª edición: *febrero, 2012*
ISBN: *978-84-9845-432-1*
Depósito legal: *V-4-2012*

Algar COLECCIÓN CALCETÍN

Piratas en zapatillas

Teresa Broseta

Dibujos de **Rodrigo Lujan**

AlgaR EDITORIAL

Capítulo 1
Una tarde muy triste

Eran casi las siete de la tarde. Estaban sentados en el mismo banco del parque desde las cinco y media, con las piernas colgando, y no parecían tener intención de moverse. Sabían que era hora de volver a casa y, aun así, permanecían inmóviles. Sabían también que, si no volvían pronto, en casa iban a ponerse verdaderamente furiosos. Especialmente sus madres, con el carácter que tenían… Y una madre furiosa es la peor de las fuerzas de la naturaleza. Mucho peor que un huracán, más terrible que un tornado, más poderosa que un volcán en erupción... No, ninguno de los tres tenía ganas de enfrentarse a una madre furiosa. Y, pese a todo, seguían sin moverse.

Vistos de lejos, inmóviles y silenciosos en medio del parque vacío, parecían tres figuras de cera, tres muñecos abandonados a su suerte. De cerca, sin embargo, ni con la mejor voluntad se les podría confundir con figuras de cera... Por las mejillas de Ana corrían unos lagrimones gordos como garbanzos, que dibujaban caminitos blancos sobre la espesa capa de mugre que le cubría la cara. A su lado, Bea dejaba escapar unos sollozos ahogados que agitaban sus hombros puntiagudos por más que intentaba controlarlos. Y, junto a ella, Adrián se mordía los labios temblorosos y casi despellejados. Hacía ya un rato que no lloraba, pero sus mejillas mostraban los mismos regueros blancos que las de Ana. Con la voz rota, exclamó una vez más:

–¡Es que no me lo puedo creer!

En eso estaban los tres de acuerdo. Llevaban intentando creérselo desde las cinco de la tarde, pero no había manera. Porque a las cinco, después del colegio, habían corrido como todos los días al quiosco de Bruno. Iban todas las tardes, sin faltar una, aunque casi nunca tenían dinero para gastar en chucherías. Pero Bruno se las arreglaba siempre para regalarles algo: unas gominolas que llevaban demasiado tiempo al sol y estaban un poco pringosas, unos caramelos que se habían caído al suelo y estaban rotos en mil pedazos, una barrita de regaliz que, misteriosamente, se había partido en tres trozos... ¡Era fantástico el viejo Bruno! Y, sobre todo, siempre estaba dispuesto a darles conversación. Les contaba montones de historias, algunas tan complicadas que duraban días y días. Las contaba tan bien, y con tanto entusiasmo, que era difícil no creérselas a pies juntillas... Casi siempre eran historias de piratas, el tema favorito de Bruno. Aunque sólo había visto el mar un par de veces en su vida, sabía sobre piratas todo lo que hay que saber y un poquito más, que él ponía de su propia cosecha. Oyéndole, se podría pensar que había recorrido los siete mares de punta a punta y que había tomado parte en las más furibundas batallas navales. Sentados a su alrededor, los tres amigos olvidaban cada tarde que, en realidad, sólo era un viejo y amable quiosquero. Salían siempre del quiosco con los ojos brillantes y las mejillas ardiendo, discutiendo apasionadamente los pormenores de la historia que acababan de escuchar.

Pero esa tarde las cosas habían resultado distintas. Se plantaron jadeantes ante la puerta del quiosco y la encontraron cerrada por primera vez. Sobre la persiana metálica, una hoja de papel mal pegada explicaba: «Cerrado por defunción del dueño». Les llevó un buen rato descifrar el cartel, porque estaba escrito a mano y con una letra desigual y temblorosa. Cuando lo consiguieron, se quedaron perplejos:

–¿Defunción? ¿Qué es una defunción? –preguntó Bea con su vocecilla aguda.

–Ni idea –contestó Adrián, encogiéndose de hombros. En las historias de piratas que les contaba Bruno no había salido nunca esa palabreja...

–Será que Bruno ha ido al teatro –sugirió Ana. Y, ante el gesto de extrañeza de los otros, explicó–: A ver una función...

No parecían muy convencidos, ni siquiera la propia Ana. Que Bruno cerrara el quiosco una tarde de lunes era un hecho verdaderamente insólito, y una función de teatro parecía insuficiente para explicarlo. Además, que Bruno no les había dicho nunca que le gustara el teatro, qué caramba. Y, a estas alturas, se lo había contado todo... No, tenía que ser otra cosa.

De esas cábalas vino a sacarlos Carmen, la de la frutería, una mujer reseca y avinagrada que nunca les había caído en gracia y a la que odiaron profundamente desde ese momento y para siempre. Asomó la cabeza por la puerta de su tienda, entre cajas de naranjas y ramas de perejil, y les soltó a bocajarro:

–¿Ya sabéis que se ha muerto Bruno? –Y volvió a meter la cabeza dentro de la tienda, como se mete una tortuga en su caparazón, tan tranquila como si acabara de comunicarles que Bruno se había ido de vacaciones al Caribe.

¡Vaya una manera de dar las noticias! A Adrián se le atragantó el bocado de pan con mortadela, y pasó un buen rato antes de que dejara de toser y de escupir miguitas de pan empapadas de saliva. Bea se quedó muda, cosa de por sí milagrosa, y a Ana se le llenaron inmediatamente los ojos de lágrimas, como siempre. Ana lloraba por todo. Lloraba si su equipo de fútbol ganaba la final y si la perdía, si tenía buenas notas y si las tenía malas, si le daban permiso para ir de excursión y si se lo negaban. Bruno solía decirle, en broma, que su vida era un valle de lágrimas... Escupiendo pan y mortadela, Adrián exclamó, mirándola de reojo:

–¡Menuda función!

Ana lloró con más fuerza y, entre sollozos, se defendió:

–¡Yo qué sabía que una defunción era morirse!

Ninguno lo sabía, y hubieran estado encantados de pasar muchísimo tiempo más sin saberlo. Los tres amigos, sin decir palabra, se dirigieron lentamente hacia el parque vecino y se dejaron caer sobre el primer banco que encontraron. Por una vez, estaban todos vacíos. ¡Nadie tenía ganas de parque, con ese viento helado que atravesaba hasta la chaqueta más abrigada y se metía en los huesos!

Y allí estaban desde entonces, comiéndose de mala gana la merienda mojada de lágrimas y sin acertar a explicarse cómo podía haber pasado aquello. Cuando Adrián exclamó, por enésima vez, que no se lo podía creer, Bea rompió su silencio para murmurar:

–No era tan viejo, ¿verdad? Yo creía que había que ser viejísimo para morirse...

–No digas bobadas –cortó Ana, tajante–. ¿Y mi padre? No era ni la mitad de viejo que Bruno cuando se murió...

Se hizo otra vez el silencio. Era verdad, el padre de Ana había tenido un accidente mortal hacía un par de años. Pero había sido eso, un accidente. ¡Bruno, que ellos supieran, no había tenido ningún accidente!

–Puede que estuviera enfermo... –murmuró Adrián.

–¿Y no nos había dicho nada? –se indignó Bea.

–Para que no nos pusiéramos tristes. Bruno nunca quería que estuviéramos tristes... –recordó Ana.

Eso también era verdad. ¿Qué hubiera dicho Bruno si los hubiera visto con esas caras tan largas? Adrián soltó una risita:

–Nos tiraría de la nariz, como siempre.

–Y nos diría eso de «¿Qué pasa, bacalao? ¿Que está *nublao*?» –añadió Bea.

–Y lo de «a mal tiempo, buena cara» –rió Ana.

Ya se reían los tres. Se habían reído tantas veces gracias a esas cosas de Bruno... En realidad, las cosas de Bruno eran lo único que les hacía reír. Ana siempre había sido un poco llorona, pero desde el accidente de su padre parecía que nunca conseguía tener los ojos secos del todo. Echaba de menos a su padre, y Adrián echaba de menos una pierna izquierda como la de todo el mundo. La suya, no sabía por qué, era mucho más corta de lo normal, flacucha y blanda como si no tuviera bastante hueso por dentro. Así que no tenía más remedio que llevar un aparato de hierro que le sujetaba la pierna, y además una bota con una suela gordísima para que su pie izquierdo pudiera ponerse a la altura del derecho. Le habían contado que, de muy pequeño, le operaron esa pierna varias veces, pero él no tenía ningún recuerdo de todo aquello. Su pierna siempre había sido así, una pierna como de goma metida dentro de una incómoda armadura de metal. Como no le dolía se olvidaba de ella a menudo, pero era una lata para muchísimas cosas. No había manera de jugar al fútbol, ni de correr por el parque, ni de subirse al tobogán... Adrián, que hubiera dado cualquier cosa por saber qué se sentía al hacer todo eso, odiaba a menudo esa pierna diferente y deseaba de todo corazón que no fuera la suya. Bea, por su parte, pensaba a veces que le cambiaría a Adrián la pierna mala por una de las suyas. Siempre que él, a cambio, accediera a hacer un intercambio de padres. Porque Bea sólo quería unos padres que no pensaran todo el tiempo en el trabajo, unos padres que tuvieran, aunque fuera de vez en cuando, un rato para hacerle un poquito de caso.

Seguramente por eso, porque siempre estaban los tres un poco tristes, no les gustaban mucho a los demás compañeros. Nadie tenía ganas de jugar con Ana, que siempre estaba mustia y se ponía a llorar por menos de nada. Ni con Bea, que gastaba un genio de todos los demonios y tenía la mano y la lengua demasiado largas. Adrián les caía mejor, pero con él era imposible jugar al fútbol, la afición favorita de casi todos en el patio del colegio y en el parque del barrio. Casi sin darse cuenta, por pura necesidad, los tres solitarios habían llegado a hacerse amigos inseparables. Y desde que conocieron a Bruno pasaban las tardes sin acordarse de todo lo que echaban de menos, felices en un mundo de piratas en el que todo podía suceder.

Y ahora Bruno estaba muerto. ¿Cómo podía hacerles una cosa así? Bea resumió el asunto con su crudeza habitual:

–Se acabó el quiosco.

–Para nosotros, sí –estuvo de acuerdo Ana, soltando otro río de lágrimas.

–Sí –gimió Adrián–. Ahora lo llevará Virtudes...

Cerrado por Defunción

Un estremecimiento los sacudió. ¡Nada menos que Virtudes! A menudo se preguntaban cómo había podido el bueno de Bruno casarse con esa mujer enorme y desgreñada, y, lo que es mucho peor, perpetuamente malhumorada. Cuando los encontraba haciéndole compañía a Bruno, irrumpía en el quiosco gruñendo:

–¡Largo de aquí! A enredar a otra parte...

Bruno suspiraba con resignación y decía:

–¡Déjalos, mujer! Si no molestan...

Pero Virtudes no los dejaba, y seguía gruñendo y maldiciendo hasta que Bruno, desesperado, les decía por lo bajo:

–Es mejor que os marchéis. A ver si mañana está de mejor humor...

Pero Virtudes nunca estaba de mejor humor, ni con ellos ni con nadie. Era el terror del barrio, incluidos los perros que se atrevían a asomar el hocico por la puerta del quiosco. Más de una escoba les había partido Virtudes en el lomo... Menos mal que muchas tardes se iba de visita a casa de su hermana, una mujerona tan malhumorada como ella, o de compras por el barrio, y los dejaba un rato tranquilos. Bruno aprovechaba estas ausencias para contar sus historias, seguro de que no iba a interrumpirle esa mujer terrible que, a partir de ahora, sería dueña y señora del quiosco. Aquel reino fantástico estaba a punto de desmoronarse, y el palacio del rey quedaría irremediablemente convertido en guarida de dragones. No habría más historias de piratas, ni más chucherías, y la sonrisa de Bruno no volvería a espantar a la tristeza...

Había oscurecido casi por completo y aún no habían encendido las farolas del parque. La humedad les había calado hasta los huesos, pero la muerte de Bruno les había congelado el alma. No tenían más remedio que marcharse aunque no tuvieran fuerzas, o Virtudes parecería un angelito comparada con la furia de sus madres. Se les había dormido todo el cuerpo de estar tanto tiempo sin moverse y, al ponerse de pie, Adrián estuvo a punto de caerse. ¡Maldita pierna! Le fallaba siempre cuando más falta le hacía... Bea y Ana, acostumbradas a aquellas cosas de la pierna de Adrián, le echaron una mano para mantener el equilibrio. Ateridos de frío y con el corazón lleno de tristeza, arrastrando entre los tres aquella pierna como si fuera un trasto viejo, emprendieron el lento regreso a casa.

Capítulo 2
Una fiera es una fiera

Pocas horas después, todo el barrio sabía que Bruno había muerto. La noticia corrió de boca en boca, del horno a la pescadería, del supermercado a la farmacia, de la portería del señor Aurelio a las terrazas repletas de ropa tendida, del bar de Adela a la diminuta papelería. En todas partes querían a Bruno y en todas partes se armó un revuelo enorme. El barrio entero empezó a organizarse para comprar unas flores y acompañar a Virtudes en el entierro. Ana, Bea y Adrián se pusieron pesadísimos, insistiendo de todas las formas posibles en que ellos también querían ir. Pero no les hicieron ningún caso. La madre de Ana zanjó la discusión rápidamente:

–Ni pensarlo. Mañana vas al colegio, que es lo que tienes que hacer –y, antes de que Ana pudiera protestar, sentenció–. Los niños no van a los entierros.

A Ana le hubiera gustado preguntar por qué, dónde está escrito que los niños no van a los entierros cuando se les ha muerto uno de los pocos amigos que tenían. Pero nunca se atrevía a discutir con nadie, y mucho menos con su madre. Empezaban a temblarle las piernas, los ojos se le llenaban de lágrimas y sentía como si hubiera perdido la voz para siempre jamás. Así que, sin discutir, se metió en la cama y se tapó la cabeza con el edredón. Allí, con la boca apretada contra la almohada, lloró por la ausencia de Bruno y por su propia cobardía, porque no iba a verle nunca más y por no haber sido capaz de defender, ni siquiera un poquito, su deseo de acompañarle al cementerio. Y llorando se durmió, casi de madrugada.

Las cosas no fueron mucho mejor en casa de Bea. Para empezar, sus padres eran los únicos que no se habían enterado de nada. Se pasaban la vida trabajando, bastante lejos del barrio, y ni siquiera sabían muy bien quién era Bruno. Bea los esperó despierta para explicárselo, pero no consiguió nada en absoluto.

–Siento que se haya muerto ese hombre, Beatriz, pero tú no tienes nada que ver en ese asunto –dijo su madre, sin darle mayor importancia.

–A la cama, Beatriz –añadió su padre–. Mañana no habrá quien te despierte para ir a clase...

¡Si supieran cómo odiaba que la llamaran Beatriz! Bea estaba bien, pero Beatriz... En su boca, en ese tono, le sonaba a cicatriz, no podía evitarlo. La verdad es que, en ese momento, odiaba al mundo entero. A su madre, que había hablado de Bruno con más ligereza que de una uña que se le hubiera roto. A su padre, que no tenía la menor idea de lo que era un amigo. ¡No había nada que hacer con ellos! Bea se hundió en la cama igual que si se lanzara a un pozo, y mordió la almohada para ahogar un grito de rabia. Muchas horas después, con la cara aplastada contra la almohada mojada de saliva y lágrimas, cayó por fin en un sueño intranquilo.

Adrián tuvo, como siempre, más suerte que ellas. Sus padres también fueron firmes, pero bastante más comprensivos. Sabían bien que Bruno era importante para Adrián... Cuando llegó del parque, mucho más tarde que los otros días, ni siquiera le riñeron. Su madre le abrazó con fuerza y le dijo:

–Lo siento, cariño. Es muy triste perder a un amigo...

–¿Cómo puede haberse muerto? –preguntó Adrián, indignado.

–Estaba enfermo, hijo –dijo su padre–. ¡Qué le vamos a hacer!

–¡Yo quiero ir al entierro! –exclamó Adrián con decisión.

–No puede ser, Adrián –contestó su madre–. Mañana al colegio, que es donde tienes que estar. Ir al entierro no va a devolverte a Bruno.

–Pero... –empezó a decir Adrián.

–No insistas –replicó su padre–. Cada uno a sus obligaciones... Los entierros son siempre deprimentes, sólo conseguirás sentirte peor.

Adrián insistió un poco más, ya sin convicción, y acabó por buscar refugio entre las sábanas para llorar a gusto. Entre sollozos, pensó que haría cualquier cosa por recuperar a Bruno. Cualquier cosa... ¡Incluso cambiar su pierna buena por otra mala si eso pudiera devolvérselo! Agotado por la pena, terminó por dormirse con los puños apretados y la luz encendida dándole en la cara.

Al día siguiente, en el colegio, estaban los tres más apagados que nunca, y así estuvieron durante muchos días. Sólo podían pensar en Bruno y en el quiosco cerrado, hasta que alguien les dijo que Virtudes había vuelto a abrir las puertas. Adrián exclamó, decidido:

–¡Tenemos que ir a darle el pésame! Me lo ha dicho mi padre...

–¡Yo no tengo ningún pésame! –saltó Bea–. Y, si lo tuviera, no iba a dárselo precisamente a Virtudes...

–¡Qué boba eres a veces! –resopló Ana, que de muertos sabía más que nadie–. Quiere decir que tenemos que ir a decirle que lo sentimos mucho. Es lo normal...

–¿Tú crees? –preguntó Bea, dudosa. No sabía si las cosas normales funcionarían con Virtudes...

La verdad es que la idea de volver al quiosco y no encontrar a Bruno les revolvía el estómago y les ponía un nudo en la garganta. Les costó todo el día hacerse el ánimo, pero esa tarde, después del colegio, se encaminaron a paso lentísimo hacia el quiosco de Bruno.

–Ahora habrá que decir el quiosco de Virtudes... –murmuró Adrián.

–¡Virtudes! –exclamó de repente Bea, con una carcajada–. Anda que estuvieron acertados sus padres al llamarla así. Horrores, tenía que haberse llamado...

Tuvieron que pararse un rato, porque Adrián no podía reírse y mover a la vez su pierna enferma. Los cambios de humor de Bea siempre lo pillaban por sorpresa... Congestionado, resopló:

–¡Tenemos que ponernos serios! No podemos ir a dar el pésame muertos de risa...

Estuvieron de acuerdo. ¡Cuando alguien tiene razón, tiene razón! Tuvieron que pensar en Bruno, quieto para siempre dentro de su ataúd, para que se les pasaran del todo las ganas de reírse. Otra vez serios, llegaron por fin a la puerta del quiosco, aunque todavía les costó un ratito hacerse el ánimo de entrar. Era como meterse en la jaula de los leones por voluntad propia, y ninguno de los tres tenía alma de domador de circo.

Virtudes les salió al encuentro nada más abrir la puerta. Si siempre había sido horrorosa, ahora era ya del todo espeluznante. Vestida de negro de pies a cabeza, con los pelos más desgreñados que nunca y unas ojeras moradas que le llegaban casi a la barbilla, era la imagen viva de las brujas de los cuentos. Los tres amigos, atemorizados por esa visión, se quedaron sin palabras. Virtudes no, hubiera sido un milagro que ella se quedara sin palabras...

–¡Ah, sois vosotros! –dijo, poniendo tal cara de asco que cualquiera diría que, en vez de tres niños, eran tres babosas repugnantes–. ¿Qué tripa se os ha roto?

¡Siempre tan encantadora! Los tres, apiñados en la puerta, se miraban unos a otros sin contestar, luchando contra unas ganas locas de salir corriendo. Por fin, Bea dijo, con un hilo de voz:

–Sentimos mucho que Bruno haya muerto.

Virtudes los miró desde las alturas, como si estuviera a punto de aplastarlos con la punta del zapato, y gruñó:

–¡Claro que lo sentís! Se os han acabado las chucherías gratis, y el pasar las tardes aquí dentro de palique. Yo no soy tan tonta como Bruno. ¡No quiero veros por aquí si no tenéis dinero que gastar!

No se andaba con rodeos... Pero no hacía ninguna falta que lo dijera. ¡Ni por un momento habían pensado en ir a pasar la tarde de palique con Virtudes! De hecho, ni siquiera estaban seguros de que fuera capaz de decir algo que no resultara desagradable. Sólo volverían por allí con dinero para gastar. O sea, prácticamente nunca.

Ya no tenían nada que hacer allí dentro, pero les costaba marcharse. Aquel quiosco había sido más que su casa durante mucho tiempo, y dolía pensar que nunca volvería a ser lo mismo. Cuando dieron media vuelta, Virtudes, inesperadamente, añadió algo más:

–¡Esperad un momento! Nunca he entendido por qué, pero el caso es que Bruno os quería... –Parecía desconcertada, como si tenerles afecto fuera lo más raro del mundo–. Dejó una cosa para vosotros.

Mientras Virtudes rebuscaba debajo del mostrador, rezongando entre dientes, los tres intercambiaron una tímida sonrisa. Incluso al final, Bruno se había acordado de ellos...

–Aquí está –dijo por fin Virtudes, tendiéndoles de malos modos una caja de zapatos bien pegada con precinto–. No sé lo que hay dentro, ni quiero saberlo. Tonterías serán. Sólo espero no veros por aquí en mucho tiempo...

Los tres se atropellaban para darle las gracias, para coger la caja, para salir de allí lo más rápidamente posible. De puro nerviosa, Ana tuvo el impulso de abrazar a Virtudes, que la apartó de un empujón desconsiderado:

–¡Déjame estar, niña! Guárdate las zalamerías para otra...

Salieron los tres a trompicones. Ana empujaba a Adrián, que casi corría a pesar de su pierna, y Bea apretaba contra su pecho aquella caja de zapatos como si fuera el mayor tesoro del mundo. ¡La hubiera defendido con uñas y dientes si hubieran intentado quitársela! En cuanto se alejaron un poco del quiosco, nada más doblar la esquina, los tres rompieron a hablar a la vez como si les hubieran dado cuerda. Bruno se había acordado de ellos, y eso era lo único que les importaba...

–¿Qué habrá aquí dentro? –se preguntaba Adrián a cada paso–. ¿Qué será?

–¡Es una herencia! ¡Bruno nos ha dejado una herencia! –repetía Ana, que era muy novelera y le sonaba de maravilla eso de recibir una herencia.

Bea casi corría, mirando hacia atrás para asegurarse de que los otros la seguían, siempre con la caja bien apretada entre sus brazos. No había tesoro mayor en el mundo que aquella caja de cartón. Era

sólo una caja de zapatos, sí, pero, viniendo como venía de las manos de Bruno, era la caja de zapatos más importante del mundo.

–Espera, Bea, no corras tanto –resopló Adrián, que hacía todo lo que podía y estaba casi morado por el esfuerzo. Aquella pierna del demonio no le dejaba ir más rápido...–. ¡Voy con la lengua fuera!

Bea intentó frenar el paso, aunque le costaba un esfuerzo terrible. Daba pena oír la respiración entrecortada de Adrián... Todos se morían de ganas de llegar al parque, de sentarse en un banco y arrancar el precinto a zarpazos, de descubrir las maravillas que encerraba aquella caja. Por fin, con un Adrián empapado de sudor a pesar del frío de la tarde, llegaron al parque y se derrumbaron jadeantes sobre un banco. Los tres a la vez, con los dedos temblorosos y casi conteniendo la respiración, empezaron a abrir el último regalo de Bruno.

Capítulo 3
Chucherías de las buenas

¡Qué barbaridad de precinto! Por más que estiraban, no hubo manera de despegarlo del todo hasta que Bea, en un arranque, la emprendió a mordiscos con él. Las mandíbulas de Bea, poderosas como las de un perro de presa, eran famosas en el colegio entero y en buena parte del barrio. Ninguno de los que habían tenido la mala ocurrencia de pelearse con ella podía olvidarlas... Con dos enérgicos mordiscos acabó con las dificultades y levantó con aire de triunfo la tapa de la caja.

–¡Listo! –gritó.

Las tres cabezas se apiñaban sobre la caja y seis manos temblorosas escarbaban dentro sin orden ni concierto. Ana, un poco más tranquila que sus compañeros, trató de poner un poco de orden.

–Lo vamos a romper, sea lo que sea. Deberíamos llevar más cuidado...

Bea y Adrián se detuvieron y, haciendo un esfuerzo, dejaron la preciada caja en manos de Ana, que parecía la única capaz de manejar el contenido con el cuidado necesario. Poco a poco, poniéndole emoción a cada gesto y disfrutando de ser el centro de atención, Ana fue sacando a la luz los secretos que la caja escondía. Lo primero de todo, una gran bolsa repleta de las mejores golosinas del quiosco...

–¡Chucherías para todos! –anunció, sosteniendo la bolsa en alto.

Bea y Adrián prorrumpieron en gritos de alegría. ¡Bruno siempre había sabido cómo alegrarles la vida! Y, por una vez, no eran sobras lo que tenían en las manos, sino chucherías de las buenas: moras negras y rojas, tan relucientes que parecían barnizadas, barritas de regaliz enteras, chicles de todos los sabores en perfecto estado... ¡Un verdadero festín! Al menos por esta vez, Bruno había conseguido escaparse de los ojos vigilantes de Virtudes. Antes de que sus amigos se volvieran locos, aún sosteniendo la bolsa en el aire, Ana propuso:

–Si sólo nos comemos una cada día, durarán mucho tiempo.

Durarían mucho tiempo las chucherías y, con ellas, el recuerdo de Bruno. Todos estuvieron de acuerdo. Con sumo cuidado, como si fueran de algún material fragilísimo, cogieron una mora cada uno. Bea se impacientó:

–¡Sigue de una vez, Ana! ¿Qué más hay?

Ana, masticando con energía, contestó algo ininteligible.

–¿Qué dices? –preguntó Adrián, también impaciente.

Y Ana, acabando de tragarse lo que le quedaba en la boca, repitió, esta vez de manera más clara:

–Que hay una carta... –y agitó en el aire un papel escrito con la letra pequeña y apretada de Bruno. Tendiéndoselo a Adrián, dijo–. Toma, léela tú.

Adrián era, con mucho, el que mejor leía de la clase, aunque a él le daba un poco de vergüenza que le hicieran elogios. Decía que no tenía mérito, que había sido a la fuerza. Si no puedes correr ni jugar al fútbol, tienes muchísimas horas para leer... Esta vez, sin embargo, no protestó, y cogió con mano firme el papel que le tendía Ana. Después de aclararse un poco la garganta, empezó a leer despacio. La letra de Bruno era difícil de entender, y, para colmo, su voz no sonaba tan firme como le hubiera gustado en medio del silencio perfecto que guardaban sus amigas.

Queridos Adrián, Ana y Bea (¡siempre por orden alfabético, para que nadie se pique!): Si estáis leyendo esta carta es porque ya no estoy con vosotros. ¡Y bien que lo siento! No me hacía ninguna gracia morirme, no os vayáis a creer, pero estas cosas no se pueden evitar. Después de todo, según los médicos, he vivido mucho más de lo que cabía esperar...

–¡Así que es verdad que estaba enfermo! –interrumpió Bea–. Podía habernos dicho algo...

–¿Para qué? –preguntó Ana–. Ya dice bien claro que estas cosas no se pueden evitar...

–¡Para despedirnos! –exclamó Bea.

–No querría que nos despidiéramos. Las despedidas son tristes... –suspiró Ana, que cada verano lloraba a mares cuando tenía que despedirse de sus primos. Y eso que era sólo de manera temporal. No quería ni imaginar cómo hubiera sido despedirse de Bruno para siempre...

–¿Vais a dejar de interrumpir? –se enfadó Adrián–. ¡Con vosotras no hay manera!

–Perdón –dijeron las dos a una, precipitadamente. Adrián, aclarándose otra vez la garganta, continuó:

A mí se me ha hecho corto, la verdad, porque todavía me quedaban ganas de hacer muchísi-

mas cosas. ¡Me da una rabia pensar que nunca he montado a caballo, ni he bajado un río en piragua, ni he subido a la cima de una montaña! Os daré un consejo: no esperéis demasiado para hacer las cosas que de verdad os apetece hacer, que luego no siempre da tiempo...

–¿Os imagináis a Bruno a caballo? –volvió a interrumpir Bea–. ¡Qué fuerte!

Estallaron los tres en carcajadas. Desde luego, los muchísimos kilos de más de Bruno no eran fáciles de imaginar encaramados a un caballo. Y si ya hubiera sido difícil encontrar un caballo que accediera a llevarlo a cuestas, lo de la piragua resultaba de todo punto imposible. ¡No le hubiera cabido ni una pierna! Pero eso no impedía que siempre le hubiera hecho ilusión...

–¿Sabéis qué? –dijo Ana, pensativa–. A lo mejor, si hubiera hecho todo eso que le apetecía, no se hubiera puesto tan gordo...

Adrián, de repente, puso cara de susto.

–¡No me digas que yo también me voy a poner así de gordo! Yo tampoco iré nunca en piragua, ni escalaré una montaña. Con esta pierna...

Ana se quedó en silencio, lamentando haber disgustado a su amigo. Pero Bea lo resolvió con una salida de las suyas:

–¡Qué te vas a poner así de gordo! Con el ejercicio que haces arrastrando la pierna... Además, aquí estamos nosotras para impedirlo. ¡Podemos empezar por comernos todas tus chucherías!

Adrián sonrió, aliviado, y continuó con la lectura de la carta:

> Y ya está bien de consejos. Os mando unas chuches para que os acordéis de mí, pero me temo que no os durarán mucho tiempo. Y, como no quiero que me olvidéis tan pronto, os propongo un juego.

–¡Un juego! –gritó Bea– ¡Qué guay!

–¿Me dejas seguir? –gruñó Adrián, harto de tantas interrupciones. Y, sin esperar respuesta, continuó:

> En esta misma caja encontraréis la primera pista... y algo que no debéis perder de ninguna manera. Espero que la última historia del viejo Bruno os resulte divertida. Os mando todo mi cariño.

No pone nada más.

A Adrián se le quebró la voz. Pero no le importó en absoluto, porque Ana y Bea lloraban en silencio, cogidas de la mano. Se unió a ellas, aliviado de dar rienda suelta a la pena que sentía. Y, por una vez, fue Ana la primera que dejó de llorar y dijo con voz animosa:

–¡Veamos de qué va el juego!

Esas palabras tuvieron la virtud de secar las lágrimas de sus compañeros. Dejaron que Ana sacara lo que había en el fondo de la caja, y se apretaron más contra ella para no perderse ni un detalle. Ana, con sumo cuidado, sacó una hoja de papel con muchos dobleces y la desplegó con delicadeza. Otra vez la apretada caligrafía de Bruno...

–¿Lo lees? –preguntó Ana, tendiéndole de nuevo el papel a Adrián.

–¡Ahora no! –se opuso Bea–. Vamos a ver qué más hay en la caja...

–Sí –asintió Adrián–. ¿Qué es eso que no debemos perder de ninguna manera?

–Como queráis –dijo Ana, metiendo otra vez la mano en la caja de zapatos–. ¡Una llave!

No era una llave cualquiera, sino la llave más oxidada que habían visto en su vida. Ana, a la que le daba asco cualquier cosa, la sostenía en alto con dos dedos y la nariz arrugada, como si oliera mal. ¡Desde luego, no se podía decir que Bruno fuera muy cuidadoso!

–¿De dónde será? –se preguntó Bea en voz alta.

–Parece la llave de un cofre, o algo por el estilo –se extasió Adrián–. ¿Hay más cosas?

–No –aseguró Ana. Y añadió–: ¿Qué abrirá esta llave?

–Bueno, hasta que no leamos lo que dice Bruno, no sirve de nada hacer conjeturas –señaló Adrián, cargado de razón.

–¡Pues venga! ¿A qué esperas? –se impacientó Bea.

–No nos va a dar tiempo –observó Ana–. Es hora de volver a casa.

Era una observación sensata y razonable, y, por eso mismo, les dio una rabia espantosa. Tener que esperar hasta las cinco de la tarde del día siguiente era más de lo que podían aguantar.

–Va, aunque sólo sea el principio... –suplicó Bea.

–¡Que no! –se mantuvo firme Ana–. Si empezamos, no podremos dejarlo.

–No voy a poder dormir –se quejó Bea–. Me muero de curiosidad.

Los tres se morían de curiosidad. Adrián apretaba el papel con tanta fuerza que los nudillos se le habían puesto blancos, mientras Ana tamborileaba incansablemente con las uñas sobre la caja de cartón. A Bea, por su parte, no le quedaban uñas con las que tamborilear, pero seguía mordiéndose con determinación las puntas de unos dedos casi en carne viva. A un gesto de Ana, Adrián le devolvió la hoja, y ella la plegó cuidadosamente. Mientras lo hacía, preguntó:

–¿Quién se lo lleva?

Era una pregunta peliaguda. A los tres les apetecía llevarse a casa aquella caja, pero no era tan fácil. Ana estaba segura de que su madre la sometería a un interrogatorio, y de que todo el contenido de la caja desfilaría por sus manos inquietas y ante sus ojos implacables. Bea, por su parte, no se fiaba de sus hermanos pequeños. Si encontraban la caja, las chucherías podían darse por perdidas. ¡Y no quería ni pensar lo que podía pasar con el resto de las cosas! De sobra sabía que sus hermanos eran capaces de destrozar lo que se pusiera a su alcance. Después de repasar una a una y con todo lujo de detalles las posibilidades y los problemas de cada casa, llegaron a la conclusión de que la de Adrián era la más segura. Sus hermanos eran ya muy mayores para estar interesados en viejas cajas de zapatos, y sus padres no serían capaces de meter las narices en un asunto privado. Ana lo tenía claro, pero Bea no estaba tan convencida y no dejaba de darle vueltas a la cuestión con el ceño fruncido pero sin decidirse a decir lo que le preocupaba. Al final, cuando los otros estaban empezando a hartarse de sus medias palabras y de su ceño fruncido, explotó:

–Jura que no lo leerás! –le espetó a Adrián–. ¡Por nada del mundo! Es de los tres, y tenemos que leerlo juntos.

Adrián no lo había pensado, pero las palabras de Bea le hicieron ver que iba a ser una noche difícil, que la curiosidad lo mantendría despierto y que la caja de zapatos lo llamaría a gritos desde la mesilla de noche. Sintiendo los ojos de sus amigas clavados en su cara, dijo solemnemente:

–Lo juro. –Y, para acabar de fiarse de sí mismo, añadió con voz queda:– Lo juro por Bruno.

Capítulo 4
¡Encima en verso!

Adrián lo había jurado por Bruno, pero nadie sabría nunca lo que le costó no romper su juramento. Cuando llegó a casa, arrastrando la pierna y apretando contra su pecho la vieja caja de zapatos, los ojos le brillaban como si tuviera fiebre. Su madre se preocupó enseguida y, animada por su padre, se empeñó en ponerle el termómetro. No le sirvió de nada protestar una y otra vez asegurando que no tenía fiebre, porque sólo se quedaron tranquilos cuando vieron que el termómetro no subía de ninguna manera, aunque se lo dejara puesto un cuarto de hora.

–¡Pues es verdad que no tienes fiebre! ¿Se puede saber qué te pasa? –Se dio al fin por vencida.

–Llevo diciéndotelo media hora –protestó Adrián–. Pero como nunca me haces caso...

Para ver si lo dejaban en paz, les contó un poco por encima la historia de la caja de zapatos. Convencidos de que sus ojos brillantes se debían sólo a la emoción, dejaron que cenara deprisa y corriendo y que fuera a encerrarse en su cuarto. Y allí se quedó Adrián durante más de dos horas, sentado en el borde de la cama con la caja de zapatos entre las manos. Si no leía aquel papel le iba a dar un ataque... ¡Y si lo leía, no podría volver a mirar a sus amigas a la cara! Un juramento es un juramento, se dijo al fin, y dejó la caja sobre la mesilla de noche con un suspiro tan hondo que levantó una nube de polvo. Después, ya en la cama y con la habitación a oscuras, no podía apartar los ojos del punto en el que sabía que estaba la caja, aunque no pudiera verla. Se obligaba a ponerse de espaldas y a contar por lo menos hasta cien y muy despacio antes de mirar de nuevo, y otra vez volvía a empezar. La curiosidad se lo comía por dentro, le alteraba el pulso y la respiración, y le hacía sentir en la pierna enferma un hormigueo verdaderamente desagradable. Mucho rato después le venció el sueño, un sueño inquieto y nada reparador, repleto de pesadillas en las que Bea le mordía por haber leído la carta y de los ojos de Ana caían cataratas de lágrimas que amenazaban con ahogarle. A la mañana siguiente, orgulloso de sí mismo, puso la caja con cuidado dentro de la mochila. Si había resistido esa noche, se sentía capaz de resistir cualquier cosa...

El día de colegio se les hizo eterno a los tres. No se atrevieron a bajar la caja al patio, seguros de que las miradas indiscretas no les dejarían en paz, pero se pasaron el día dándole vueltas al asunto. Hablaron de la llave a voz en grito en el patio, para poder oírse los unos a los otros en medio de aquella algarabía de partidos de fútbol, peleas y carcajadas. Hablaron de la llave en el comedor, entre bocado y bocado de no sabían muy bien qué, porque ninguno de los tres se había fijado. Y hablaron de la llave durante las clases, esta vez en voz bajísima. Aún así, se ganaron varias broncas, y ninguno sabría decir con exactitud cuál había sido el trabajo del día. Simplemente estaban allí sentados, mirando al vacío, empujando mentalmente las manecillas del reloj para que las cinco de la tarde llegaran cuanto antes.

Llegaron a su hora, porque aún no se ha encontrado la manera de parar el tiempo ni de hacer que vaya más deprisa, y corrieron al parque a toda la velocidad que permitía la pierna de Adrián. Este se desplomó sobre un banco y, temblando de emoción, hizo por fin lo que llevaba horas deseando hacer. Empezó a leer con una voz que la excitación hacía más aguda de lo normal:

–«Esto es, ni más ni menos, una carta de navegación. Si la interpretáis correctamente, os llevará a buen puerto. Si no... ¡siempre podéis venderle la llave al chatarrero! Pero sería demasiado fácil si os diera aquí todas las instrucciones. Así que voy a haceros sufrir un poquito... A fin de cuentas, lo bueno de un viaje no es sólo llegar, sino todo lo que se descubre por el camino. ¿Estamos de acuerdo? Preparados, entonces, para la primera pista.»

Adrián se detuvo, un poco emocionado. Era casi como si Bruno estuviera con ellos, sentado en ese banco del parque, charlando animadamente como todos los días. Bea aprovechó el silencio para decir:

–¡Caramba con Bruno! Enfermo y todo, aún ha tenido ganas de prepararnos un juego complicado...

Sonrieron los tres. No había nada que le gustara más a Bruno que los juegos complicados... Tomando aire, Adrián se dispuso a leer por fin la pista que daba comienzo al juego:

Cien pasos a la derecha
(paso arriba, paso abajo)
y veinticinco a la izquierda
(más o menos bien contados),
daréis desde el mismo sitio
desde el que yo los he dado,
y estaréis sin daros cuenta

casi dentro de su patio.
Y si llamáis a su puerta,
es seguro un buen regalo:
chocolate y pastelitos
de crema tiene que daros.
De ella os dirán cosas feas
si preguntáis por el barrio,
pero yo que la conozco
digo que no hagáis ni caso.
Si necesitáis más pistas
puede que pueda ayudaros
saber que su nombre tiene
algo que ver con los gatos.

Adrián lo leyó a trompicones. Es que no estaba nada acostumbrado a leer poesía, y menos escrita a mano...

–¡Léelo otra vez! –exigió Bea–. No me he enterado de nada...

–Yo tampoco –añadió Ana.

–Ni yo –confesó Adrián–. Me parece que va a hacer falta leerlo un montón de veces... ¡Quién nos iba a decir que Bruno hacía poesía!

Adrián volvió a leerlo, una y muchas veces, hasta que los tres se lo aprendieron casi de memoria. Sabérselo era una cosa, pero entenderlo... Se pasaron el resto de la tarde discutiendo acaloradamente cada palabra, tan acaloradamente que Bea y Adrián estuvieron a punto de llegar a las manos varias veces. Cada uno entendía una cosa distinta y, desde luego, estaban dispuestos a defender hasta la muerte su teoría.

Hacía un buen rato que Ana no decía nada. Odiaba las discusiones, acaloradas o no, y se encogía sólo de pensar en la posibilidad de pegarse con alguien. Así que, mientras los otros dos discutían y se desgañitaban, ella se concentró muy en serio en las palabras de Bruno. Cuando Ana se concentraba, la frente se le llenaba de arrugas, como si fuera una vieja. A veces, cuando se miraba al espejo poniendo aquella cara y se encontraba tan fea, se hacía el propósito de no volver a concentrarse nunca. Pero se le olvidaba una y otra vez. ¡No se puede vivir sin pensar, aunque sólo sea un poco de vez en cuando! Esta vez, cuando le pareció que ya tenía las cosas bastante claras, se libró de sus arrugas y exclamó con energía:

–¡Callaos de una vez! Ahora me toca hablar a mí.

Adrián y Bea cerraron la boca, sorprendidos, y Ana exhibió una sonrisa satisfecha. Con nadie más en el mundo era capaz de semejantes demostraciones de energía, pero con esos dos no tenía ningún problema. Aprovechando el silencio, empezó a hablar deprisa y con mucha seguridad, para evitar interrupciones.

–Vamos a ver. Yo creo que está bastante claro. Hay que buscar a una mujer que tiene nombre de gato, que da chocolate y pastelitos de crema a las visitas y que no tiene muy buena fama en el barrio. ¿No es eso?

La miraron con asombro. ¡Caramba, pues era eso! Dicho así, parecía muy fácil... ¿De qué habían estado discutiendo todo ese tiempo?

–¿Nombre de gato? –preguntó Bea, arrugando la nariz–. ¿Y cuál se supone que es un nombre de gato? ¿Micifuz, por ejemplo? ¿O Chispa?

–Cualquiera sabe –suspiró Adrián–. Mi tío tenía un gato que se llamaba Bartolo...

–O sea –resumió Ana–, que puede llamarse de cualquier manera. ¡No es una pista muy clara!

–¿Y lo de los pasos? Cien para aquí, veinticinco para allá... –recordó Bea.

–¿Contando desde dónde? –preguntó Adrián–. Este Bruno pone las cosas muy difíciles...

–Hay que darlos desde donde los dio él –reflexionó Ana en voz alta–. ¿Desde dónde creéis que los daría Bruno?

–¡Desde el quiosco! –gritaron a la vez Bea y Adrián. No podían imaginarse a Bruno en otro sitio...

Parecía que las cosas se aclaraban un poco. Tenían que llegar, desde el quiosco, a casa de la mujer con nombre de gato...

–¿Vamos ahora? –preguntó Ana dudosa–. Por lo menos para ver por dónde para...

–¡Claro que vamos! –gritó Bea.

–Pero sin correr –protestó Adrián, que estaba harto de intentar seguirles el paso.

Se les encogió el corazón cuando llegaron a la puerta del quiosco. Dolía tanto no ver la cara de Bruno detrás del mostrador... Sin mirar hacia dentro, evitando de paso ver el gesto de vinagre de Virtudes, empezaron a contar despacio cien pasos hacia la derecha. Cien pasos medianos, ni tan pequeños como los que daba Adrián ni tan grandes como los que quería dar Bea, alegando que Bruno tenía las piernas muchísimo más largas que ellos. Cuando llegaron a cien se pararon en seco en mitad de la acera, y un señor que caminaba detrás, hablando a gritos por el móvil, estuvo a punto de tropezar con ellos. ¡Qué mal humor tiene la gente! Les dijo unas cuantas cosas desagradables antes de seguir con su conversación a gritos, pero no le hicieron demasiado caso. Estaban ocupados buscando a su izquierda, y bastante desconcertados.

–¿A la izquierda? –preguntó Bea–. Nos matará un coche...

Tenía razón. Estaban en mitad de la calle, y a la izquierda no había ningún semáforo. Por no haber, ni siquiera había un triste paso de peatones. ¿Qué pretendía Bruno, que se dejaran atropellar? Otra vez Ana, que tenía una tarde inspirada, dio con la solución correcta.

–¡Paso arriba, paso abajo! ¡Más o menos bien contados! –exclamó de pronto.

–¿Qué dices? –preguntó Adrián, mirándola como si se hubiese vuelto loca.

–Que Bruno dice «paso arriba, paso abajo» y «más o menos bien contados». O sea, que quien dice cien, dice ciento diecisiete...

La miraban sin comprender. Si no se explicaba un poco mejor...

–¡Vamos hasta la esquina! –propuso–. Son sólo unos pocos pasos más, y hay un semáforo a la izquierda. A fin de cuentas, es verdad que las piernas de Bruno eran más largas que las nuestras...

¡Eso ya estaba un poco más claro! Qué tontos habían sido... Y, una vez en el semáforo, descubrieron que necesitaban sólo veintiocho pasos para cruzar la avenida. ¡Más o menos veinticinco!

–¡Tiene que ser aquí! –gritó Bea, señalando el portal que tenían justo enfrente.

Sí, tenía que ser ahí. ¿Pero dónde, exactamente? Estaban delante de un bloque altísimo, con más de cincuenta timbres en el telefonillo. ¿Qué iban a hacer? ¿Llamar uno por uno y preguntar por alguien con nombre de gato? Era absurdo y, además, se estaba haciendo hora de volver a casa. Adrián concluyó:

–Ahora nos vamos. Yo no pienso correr más esta tarde, que me duelen ya todos los huesos.

–¿Sin averiguar nada? –se indignó Bea.

–Mañana volvemos, nada más salir de clase –aseguró Ana–. Y, mientras tanto, vamos pensando en el nombre de los gatos. ¿Qué demonios querrá decir?

Y pensando en el nombre de los gatos se encaminaron a casa, esta vez con más consideración hacia la pierna de Adrián. Los tres se revolvieron inquietos en sus camas esa noche y, cuando consiguieron dormirse, Ana soñó con unos gatos muy antipáticos que llevaban zapatos de tacón; Bea, con montañas de pastelitos de crema que maullaban, y Adrián, con ancianas señoras de ojos verdes que sostenían en las manos humeantes jarras de chocolate.

Capítulo 5
Muchísimos gatos

Bea estaba más que impaciente por llegar al colegio. Se había levantado de un humor de perros después de una noche difícil y, a la hora del desayuno, le pareció que sus hermanos estaban más insoportables que nunca. Hablaban por los codos, como siempre, cosa que ella nunca podía entender a esas horas de la mañana. ¡Es que Bea tenía siempre un despertar horrible! Casi no se le podía dirigir la palabra hasta después del almuerzo, cuando abría del todo los ojos y se hacía el ánimo de afrontar un nuevo día. Antes de esa hora no estaba para nada, ni siquiera para desayunar. ¡Ya había suerte el día que se bebía medio vaso de leche antes de ir al colegio! Y esa mañana, con dolor de cabeza y sin haber descansado, las voces de sus hermanos le rebotaban en la cabeza como martillazos. Incapaz de soportarlo, buscó desesperadamente en su cabeza algo que pudiera hacerlos callar. Con la voz pastosa, consiguió preguntar por fin:

–A ver, ¿quién sabe un nombre de chica que tenga algo que ver con los gatos?

Y, en cuanto lo hubo dicho, se arrepintió. ¡Qué ilusa, pensar que podía cerrarles la boca a aquellos dos bichos! Si no se callaban ni debajo del agua... Empezaron a gritar todos los nombres que se les pasaban por la cabeza y a reírse a carcajadas sin ningún sentido. A Bea no le quedaban fuerzas ni para enfadarse, y se limitaba a remover tristemente su vaso de leche. De pronto dio un respingo. Se encaró con Marta, su hermana mediana, y gritó:

–¿Qué has dicho?

–He dicho Ágata –tartamudeó Marta, asustada por la repentina energía de su hermana. Había aprendido a temer los arrebatos de Bea...

–¡Ágata! ¡Eso es! ¡Ágata!

Y, para sorpresa de Marta y de Lucas, Bea se levantó de un brinco y empezó a bailotear por toda la cocina. Semejante despliegue de actividad a esas horas de la mañana era algo desconocido en ella, y los dos pequeños la miraban boquiabiertos. Estuvieron a punto de llamar a un médico cuando vieron que se abalanzaba sobre la mesa y engullía, casi sin respirar, un buen montón de galletas y un par de tostadas prácticamente carbonizadas que habían sobrado del día anterior. Y Marta se quedó sin aliento cuando la abrazó y le estampó dos sonoros besos en las mejillas.

–¡Se ha vuelto loca! –susurró Lucas, asustado.

–No te preocupes. Por lo menos, le ha dado por ser cariñosa... –lo tranquilizó Marta.

Los dos pequeños acabaron su desayuno a toda velocidad. No querían quedarse en la cocina con aquella loca peligrosa ni un minuto más de lo necesario... E hicieron bien, porque a Bea le entraron unas prisas terribles y no hacía más que repetir:

–¡Venga, deprisa! ¿Ya estáis? ¿Nos vamos ya?

Lucas y Marta se dieron prisa, por la cuenta que les traía, y a las ocho y media estaban los tres esperando a que abrieran las puertas del colegio. Precisamente ellos, que siempre llegaban con el tiempo justo y, a veces, descaradamente tarde. ¡Quién lo diría! Resignados, se sentaron en el suelo a esperar, contemplando a una desconocida Bea que saltaba incansablemente primero sobre un pie y después sobre el otro. A los dos minutos, Marta le dio un codazo a Lucas y susurró:

–¡Mira quiénes vienen! –Y, moviendo tristemente la cabeza, añadió–: Están los tres fatal...

Por la esquina llegaban Ana y Adrián, que caminaba ligero a pesar de su pierna. Lucas y Marta los miraban, asombrados. También era la primera vez que aquellos dos llegaban al colegio tan pronto... Estaba claro que ninguno de los tres había necesitado despertador esa mañana. ¡Si todavía faltaban veinte minutos! Desde luego, no había quien entendiera a los mayores.

Bea ni siquiera pudo esperar a que llegaran. En cuanto los vio, saltó como si se hubiera quemado y emprendió una loca carrera hacia ellos, gritando:

–¡Ágata! ¡Es Ágata!

Se quedó un poco despagada cuando no acogieron su revelación con tanto entusiasmo como ella esperaba, pero después le entró la risa. Los tres habían llegado a la misma conclusión, aunque por caminos distintos. Ana era la más orgullosa, porque lo había descubierto ella sola, mientras que Adrián había necesitado la paciente colaboración de sus padres y sus hermanos mayores. ¡Tanta gente no podía estar equivocada! Tenía que ser Ágata. Ya había por dónde empezar a desenredar la madeja...

Y, si el día anterior se les había hecho largo, éste ya fue completamente insoportable. Hasta le dieron vueltas a la posibilidad de escaparse para ir en busca de Ágata, pero el sentido común les dijo que no era una buena idea. Sólo conseguirían problemas, y problemas era lo último que necesitaban. Ana estaba un poco preocupada: si seguían así, también tendrían problemas con las próximas notas. Pero es que era tan difícil concentrarse... Por no enterarse, ni siquiera se enteraron de las risitas de burla que soltaban sus compañeros cada vez que un profesor les llamaba la atención. Ni siquiera Bea tenía ganas de pelearse con nadie, lo cual era una auténtica novedad.

Las cinco de la tarde llegaron, aunque parecía que no iban a llegar nunca, y salieron volando hacia el patio donde, ahora estaban seguros, tenía que vivir Ágata. Sólo faltaba averiguar en qué puerta, pero eso no ofrecía mayores dificultades. En aquel barrio se conocían todos, así que un par de preguntas serían suficientes...

Decidieron probar primero con Antonio, el zapatero. Tenía su negocio en un local pequeñísimo y oscuro, que olía tanto a pegamento y suelas de goma que, al cabo de un rato de estar allí dentro, la cabeza empezaba a darte vueltas como un tiovivo. Antonio era un viejo gruñón y malcarado, siempre mal afeitado, siempre con un delantal tan sucio que era imposible adivinar de qué color había sido alguna vez. Vivía perpetuamente agazapado detrás del mostrador, como un conejo en su madriguera, y apenas levantaba la cabeza cuando entraba un cliente. No era un tipo muy agradable, pero tenía que conocer a Ágata. A fin de cuentas, a todo el mundo se le hace alguna vez un agujero en el zapato...

–¡Buenas tardes! –dijeron los tres a la vez, muy educados. La única respuesta fue un gruñido imposible de descifrar y una mirada torva de los ojos legañosos de Antonio. Pese a todo, Bea se atrevió a decir:

–Queríamos hacerle una pregunta...

¡Cualquier ser humano normal hubiera dicho alguna cosa! Pero Antonio no dijo nada y siguió remendando el zapato que tenía entre manos, como si no la hubiera oído. Adrián, Ana y Bea se miraron, indecisos, y esta vez fue Adrián el que encontró el valor suficiente para continuar:

–Queríamos saber en qué puerta vive una señora que se llama Ágata...

¡Ahora sí que reaccionó el viejo zapatero! Soltó el zapato, se incorporó un poco en su asiento y chilló:

–¡Ni me la nombres! ¡Vieja chiflada!

–Pero... –empezó a decir Adrián.

–¡Pero nada! –gruñó el zapatero.

–Pero... –empezó a decir Bea.

–¡Que no! –volvió a gruñir el zapatero.

–Pero... –intentó decir Ana.

–¡Largo de aquí! ¡He dicho que fuera! –gritó Antonio, fuera de sí, blandiendo con energía el pequeño martillo que usaba para clavar las medias suelas.

Salieron atropellándose unos a otros. ¡Caramba con el zapatero, qué mal carácter y qué malos modales! Ya en la calle, Ana suspiró:

–Pues no va a ser tan fácil...

–Sí, mujer –la tranquilizó Bea–. Seguro que en la droguería son un poco más amables... ¡Es fácil ser más amable que ese bruto!

–¡Por intentarlo, que no quede! –resumió Adrián. Y los tres se dirigieron a la droguería de Elisa, al otro lado de la puerta del patio de Ágata.

Elisa era una mujer bajita y redonda como una albóndiga que se movía con dificultad en aquella tienda pequeña y abarrotada de cosas, y no tan malhumorada como el viejo zapatero. Cuando entraron, la encontraron encaramada a la escalera metálica que usaba para alcanzar los estantes más altos, jadeando a causa del esfuerzo. Ana se ofreció inmediatamente para ayudarla con aquella enorme garrafa que intentaba bajar de las alturas, y obtuvo a cambio una sonrisa agradecida. Animada por el buen comienzo, preguntó:

–Elisa, ¿usted sabe en qué puerta vive una señora que se llama Ágata?

¡Se acabó el buen humor! Elisa torció el gesto y puso cara de pocos amigos. Y, aunque no gritó tanto como Antonio, dejó bien claro que no tenía ninguna intención de hablar de aquella mujer. Desanimados, volvieron los tres a la calle.

–¡Caray con Ágata! –resopló Adrián.

–¡Caray con Bruno! –se quejó Bea–. ¡Nos ha mandado a buscar a un monstruo!

–Ya dice en la poesía que nos dirían cosas malas de ella en el barrio... –apuntó Ana.

–Ya, pero es que no nos dicen nada. Sólo se enfadan –dijo amargamente Adrián–. ¿Qué hacemos?

–Yo no pregunto más –concluyó Ana–. Ya he visto bastantes malas caras por hoy...

Mientras estaban así, cabizbajos e indecisos, la puerta del patio se abrió y por ella salió un chico un poco mayor que ellos. Bea vio el cielo abierto y corrió hacia él antes de que cerrara del todo la puerta:

–¡Por favor! –gritó.

El chico la miró con las cejas levantadas, pero no dijo nada.

–¡Por favor! –repitió Bea–. ¿Puedes decirme en qué puerta vive Ágata?

El chico soltó una carcajada y preguntó:

–¿Para qué quieres saberlo? ¡Está chiflada!

–Ya lo sé, pero necesito saberlo... –dijo Bea, esforzándose en poner cara de niña buena.

Él dudó un momento y, por fin, dijo:

–No pensarás ir a su casa, ¿verdad? Yo no me acercaría a ella ni aunque me pagaran. Además de estar chiflada, es una verdadera bruja. Hay quien dice que la han visto volando en una escoba las noches de luna llena...

–No me importa –dijo Bea, aunque empezaban a temblarle las piernas–. ¡Dime en qué puerta es!

–Bueno, sube al último piso. El olor a pis de gato te dirá en qué puerta vive esa loca... ¡Y que no te pase nada!

Aquel comentario no resultaba nada alentador... De todas formas, Bea estuvo a punto de saltarle al cuello y darle un abrazo, aunque se contuvo a tiempo. ¡Aquel chico no habría entendido tanto entusiasmo! Sujetando la puerta del patio, que pesaba como la de un castillo, esperó a que Adrián y Ana llegaran a su lado.

–¡Último piso! No sé la puerta, pero ése dice que huele a pis de gato... –explicó, señalando con la cabeza al chico mayor, que se alejaba. Bajando la voz, añadió–. También dice que es una bruja...

–¿Una bruja? –se horrorizó Ana –. ¡No subimos!

–¿Sabes qué te digo? Que a mí lo único que me preocupa de momento es que haya ascensor... –suspiró Adrián, mirando la mole de pisos que tenían sobre la cabeza–. Si no, conmigo no contéis.

Entraron en aquel patio oscuro y silencioso y, justo al fondo, encontraron sin problemas el ascensor. El último piso resultó ser el número doce. ¡Como para subir andando! Era un ascensor viejísimo, que sonaba a madera podrida y a hierro oxidado, y el trayecto duró una eternidad. Bea, que se agobiaba en los sitios pequeños, estaba pálida y silenciosa, sin atreverse a mover ni un dedo.

No sabía qué le daba más miedo, si ese horrible ascensor o la perspectiva de meterse por propia voluntad en casa de una bruja. Adrián y Ana, por su parte, charlaban sin descanso sólo para no tener que pensar en lo que encontrarían cuando llamaran a la puerta. Pero la pista de Bruno conducía allí, y allí era a donde irían.

El ascensor se detuvo con un chasquido sordo que hizo que Bea dejara escapar un grito. Se encontraron en un rellano amplio, iluminado por el sol que se colaba a través de unas altísimas claraboyas. Había cinco puertas en aquel rellano, pero no tuvieron ninguna duda de cuál era la de Ágata. El olor a pis de gato era insufrible en todo el rellano, como había dicho el chico de la calle, y el suelo estaba lleno de regueros oscuros que desaparecían todos tras la puerta de la izquierda. Se agruparon ante ella, sin decirse nada, y permanecieron unos minutos indecisos. Y fue Bea, ya recuperada del susto del ascensor, la primera que se hizo el ánimo de pulsar el timbre, aunque sin poder evitar una mueca de asco.

Por toda respuesta, al otro lado de la puerta se armó una tremolina de maullidos, golpes y arañazos. Oyeron la voz de alguien que parecía querer calmar a los gatos, pero no consiguieron entender lo que decía. Cuando estaban a punto de buscar refugio en el ascensor, la puerta se abrió sólo un palmo, y por ese palmo salió un tropel de gatos enloquecidos. Gatos grises y gatos negros, gatos pelirrojos y gatos blancos, gatos de aire aristocrático y gatos evidentemente callejeros, gatos gordos como gallinas y gatos flacos como anguilas... ¡Y todos maullando con toda la fuerza de sus pulmones! Era demasiado... Ana y Bea dieron un salto hacia atrás, chillando casi más que los gatos. Y Adrián, a quien el instinto de supervivencia le dictó hacer lo mismo, perdió el equilibrio por culpa de su pierna y acabó sentado en el suelo en medio de aquel zafarrancho, preocupado por mantenerse a salvo de las zarpas de aquellos gatos salvajes que se le habían echado encima. Al mirar hacia arriba, desesperado, se encontró clavados en los suyos unos ojos más verdes que los de su sueño.

Capítulo 6
Chocolate caliente y pistas frescas

Estaban tan a gusto como si conocieran a Ágata de toda la vida. Sentados alrededor de aquella vieja mesa camilla, engullendo pastelitos de crema bañados en chocolate bien caliente, se preguntaban cómo era posible que hubieran tenido miedo. En el rellano, rodeados de gatos que parecían furiosos y ante aquella puerta apenas entreabierta, los tres habían gritado de pánico. Y los tres hubieran jurado que aquellos ojos, tan verdes que parecían mentira, sólo podían pertenecer a la peor de las brujas. Sin embargo, cuando la puerta se abrió del todo, se encontraron ante una viejecita encantadora que se apresuró a tranquilizarlos:

–¡Pobrecitos míos! ¡Tranquilos, que no pasa nada! Estos dichosos gatos... –y, emitiendo unos sonidos guturales y agitando las manos, logró en un momento que el rellano se viera libre de gatos. Inmediatamente se inclinó sobre Adrián–. ¿Te has hecho daño?

–No... –dijo Adrián a su pesar, porque la verdad era que sí se había hecho daño. Pero no tuvo corazón para preocupar a aquella pobre señora. Y Ágata, mientras le ayudaba a incorporarse, parloteó alegremente:

–Tenéis que ser los amigos de Bruno. ¡No podéis ser otros! Ya os habréis dado cuenta de que no recibo muchas visitas... –añadió, con una carcajada. Y, mirándolos uno a uno, señaló–. Tú eres Adrián, de eso no hay duda. Y esta chica de la cara dulce tiene que ser Ana. ¡Y tú sólo puedes ser Bea!

–¿Nos conoce? –preguntó Ana, incrédula. Ágata estalló en carcajadas.

–¿Que si os conozco? ¿Cómo no os voy a conocer? Con la lata que me ha dado Bruno hablándome de vosotros... –Y, antes de que pudieran contestar, añadió–: ¡Pero pasad! No vamos a estar toda la tarde en el rellano. Seguro que os apetece un chocolate bien caliente y unos pastelitos de crema...

Se miraron unos a otros, boquiabiertos. Lo que Bruno había escrito en la misteriosa pista se estaba cumpliendo palabra por palabra... No tuvieron ningún reparo en entrar en aquel piso, sobre todo porque se les había acostumbrado la nariz al pis de gato y ya no les molestaba. Y, una vez dentro, miraron en todas direcciones como alucinados. ¡Había docenas de gatos! Pelajes de todos los colores, tamaños para todos los gustos... ¡Si había incluso gatitos recién nacidos! Y, por todas partes, montones de cuencos rebosantes de agua, de leche, de trocitos de jamón de York y de migas de atún. No cabía ninguna duda de que a Ágata le gustaban los gatos...

Todavía les impresionó más ver, sobre una mesa cubierta por un inmaculado mantel blanco, una merienda completa preparada para cuatro personas. ¿Cómo lo hacía para que los gatos se mantuvieran alejados de ella? Sin poderlo evitar, Bea se encaró con Ágata y preguntó:

–¿Nos esperaba?

–¡Claro que os esperaba! La verdad sea dicha, os espero desde hace varios días. Pero parece que habéis tenido algunas dificultades para encontrarme...

Cuando se reía parecía una niña pequeña encerrada a su pesar en un cuerpo de anciana, y sus ojos verdes brillaban como estrellas. Ninguno de los tres sabía qué contestar, pero, por suerte, Ágata no esperaba que dijesen nada. Los invitó a sentarse, les sirvió la merienda y siguió charlando incansablemente mientras ellos masticaban con determinación.

–No os preocupéis, que yo ya sé lo que se dice de mí por ahí fuera –dijo, señalando hacia la calle con un gesto vago–. Que si estoy loca, que si soy una bruja... ¡Si hasta dicen que me han visto volar en una escoba! Total, sólo porque me gustan los gatos y porque tengo los ojos verdes.

–¡Tiene unos ojos preciosos! –saltó Adrián, sin poder contenerse.

–¡Muchísimas gracias! –sonrió Ágata–. Y, por favor, habladme de tú. Como a Bruno...

Se le empañaron un poco los ojos al decir estas palabras, y Ana sintió una oleada de simpatía por ella:

–¿Eras muy amiga de Bruno? –le preguntó, con la voz temblorosa.

–Mucho –suspiró Ágata–Como vosotros... La verdad es que Bruno era ya la única persona que venía a hacerme compañía. ¡Siempre que no se enterara Virtudes, claro!

Estallaron los cuatro en carcajadas. Resultaba reconfortante compartir un enemigo... Entonces intervino Bea:

–¡Por eso nos ha mandado a buscarte! Para que no te quedes sin compañía...

–Supongo que sí –dijo Ágata–. Bruno siempre ha sido muy amable conmigo...

La tarde se les fue volando, charlando sin parar de unas cosas y otras, recordando a Bruno. Cuando

empezaba a oscurecer, Ágata se dio una palmada en la frente y exclamó:

–¡Al final se me va a olvidar! Yo tengo una cosa para vosotros...

–¿La siguiente pista? –preguntó Adrián.

–La siguiente pista –afirmó Ágata, sacando del fondo de su bolsillo un sobre cerrado–. Y os aseguro que no tengo la menor idea de lo que es.

Adrián cogió el sobre, lo abrió de un solo movimiento y empezó a leer, esta vez con más soltura que la primera.

Si esta pista estáis leyendo
es porque habéis encontrado
a mi buena amiga Ágata.
¡Ojalá os haya gustado!
Y seguro que a estas horas
ya habréis hasta merendado...
Podéis descansar un poco
antes de dar otro paso,
porque lo que ahora os propongo
no resulta complicado.
Justo frente a San Antonio
vive un chaval educado
que siempre va sobre ruedas
y nunca asfalto ha pisado.
Puede que a primera vista
os parezca un poco raro,

pero, si tenéis paciencia,
la recompensa ha de daros...

–¡Caramba con Bruno! –exclamó Ágata, con una carcajada–. Creo que se ha empeñado en que conozcáis a lo mejorcito del barrio...

–¿Tú sabes de quién habla? –preguntó Bea, impaciente como siempre.

–Creo que sí –dijo Ágata–. Pero mis labios están sellados...

–¡Danos una pista! –suplicó Ana.

–Ni hablar –dijo Ágata, sonriendo–. ¡Éste es un juego que tenéis que jugar vosotros solos!

Y, por más que insistieron, no hubo manera de arrancarle una sola palabra. Cuando resultó evidente que no iba a darles ninguna información, dejaron el tema de la pista para comentarlo a solas. Ana todavía tenía una pregunta que hacerle a Ágata, una pregunta que le estaba quemando la lengua desde que había entrado por la puerta:

–¿Cómo es que tienes tantos gatos? –preguntó, por fin–. ¿No son demasiados para estar en un piso? ¡Deben dar muchísimo trabajo!

Ágata se echó a reír, con los ojos brillantes, y explicó:

–¡Claro que dan mucho trabajo! Y huelen mal, pobrecitos míos. Por eso los vecinos están enfadados conmigo, pero yo no sé cómo evitarlo. Se han juntado tantos sin querer...

–¿Sin querer? –preguntó Adrián, incrédulo.

–Sí –afirmó Ágata–. La cosa empezó con un par de gatos abandonados que me encontré en la calle. Yo ya tenía otros dos en casa, porque siempre me han gustado los gatos, pero no tuve corazón para dejarlos por ahí fuera...

–Dos y dos son cuatro –canturreó Bea, como una niña empollona.

–Sí, pero cuando dos y dos empiezan a tener gatitos, la cosa se complica –rió de nuevo Ágata–. Y la casa empieza a oler mal, y empiezan a llegar de visita todos los gatos del barrio, los abandonados y los que sólo buscan un poco de compañía. Sin que te des cuenta, las visitas empiezan a quedarse a dormir... ¡y pasa lo que pasa!

–¿Cuántos tienes? –preguntó Ana.

–No estoy muy segura –reconoció Ágata–. La última vez que los conté eran cincuenta y uno... Pero, desde entonces, algunos se han muerto y otros han nacido, algunos se han marchado a ver mundo y otros han venido a quedarse... ¡Yo ya no tengo ganas de contar! Les doy de comer y punto. Por cierto, ¿no querríais llevaros alguno?

Resultaba tentador... Había unos gatitos pelirrojos, muy pequeños, que parecían estar suplicando que se los llevaran a casa. Pero los tres sabían que, sin haber pedido permiso primero, aparecer en casa con un gato no era una idea muy brillante. De todas formas, prometieron intentarlo con todas sus fuerzas, aunque no parecía cosa fácil...

Cuando volvieron de nuevo al desvencijado ascensor, que esta vez ya no impresionó tanto a Bea, los tres estaban contentos. Tenían una nueva pista y, lo que era más importante, la promesa de muchas tardes de meriendas y gatos después del colegio. Aunque nada podría hacerles olvidar a Bruno, se sentían reconfortados por la amistad de Ágata, la de los ojos verdes.

Capítulo 7
El callejón del Agua

De camino a casa empezaron a considerar seriamente la cuestión. Casi les parecía esta pista más difícil que la anterior... Aquí no había pasos que contar, ni un punto de partida tan claro como el dichoso nombre de los gatos. No sabían por dónde empezar.

–¿San Antonio? –preguntó Bea por enésima vez–. ¿Qué San Antonio?

–No sé –contestó Ana, también por enésima vez–. Que yo sepa, en el barrio no hay ninguna calle que se llame San Antonio...

–Ni una iglesia –añadió Adrián–. Están San Andrés y San Bernardo, San Joaquín y Santa Elena, Santa Rita y Santa Eugenia... Muchos santos, pero ¡ni rastro de San Antonio!

–¡Otra vez habrá que preguntar! –exclamó Bea.

–Sí –dijo Adrián–. Sólo espero que nos traten mejor cuando preguntemos por San Antonio que cuando preguntábamos por Ágata...

Los tres se echaron a reír. Ahora que todo había pasado, era divertido recordar los gruñidos del zapatero y la cara de disgusto de la droguera. Antonio y Elisa... De repente, Ana se paró en seco:

–¡Escuchad! ¿No se referirá Bruno al zapatero?

–¿San Antonio? –preguntó Bea, con una carcajada–. ¿Quieres decir que le llama San Antonio a ese zapatero loco?

–No, claro... –reflexionó Ana–. ¡Pero hubiera sido tan fácil!

Y esa misma noche, los tres dispararon pregunta tras pregunta a sus aturdidos padres. Adrián fue más lejos, porque les leyó la pista entera para que supieran de qué iba la cosa, y fue también el que consiguió la información más útil. Los tres se fueron a dormir impacientes, deseando que fuera ya la mañana siguiente para volver a estar juntos. Estaban seguros de que tenían la solución del misterio al alcance de la mano...

De buena mañana, antes de que abrieran las puertas del colegio, ya estaban los tres cuchicheando apresuradamente, ante la somnolienta mirada de los hermanos de Bea.

–¡Tiene que ser ése! ¡No hay otro San Antonio en el barrio! –concluyó Adrián–. Mis padres saben del barrio todo lo que hay que saber. Y si ellos lo dicen...

–Yo nunca me he fijado en ese santo... –aseguró Ana.

–Ni yo –dijo Bea–. A nadie se le ocurre andar mirando los adornos de las puertas de los patios...

–A mi padre, sí –dijo, orgulloso, Adrián–. Mi madre siempre le dice que tendría que escribir un libro sobre el barrio, con fotos y todo eso.

–Bueno –resumió Ana, mientras las puertas del colegio se abrían de par en par–, esta misma tarde salimos de dudas...

Consiguieron pasar el día mejor que los anteriores, y hasta resolvieron brillantemente todos los problemas de matemáticas. El juego empezaba a divertirles... A las cinco de la tarde se dirigieron a toda prisa al callejón del Agua, donde el padre de Adrián aseguraba que una imagen de San Antonio adornaba la puerta de un patio.

Tres veces recorrieron el callejón de arriba a abajo sin encontrar lo que buscaban. Y, a la cuarta, Ana gritó:

–¡Tiene que ser ahí!

El patio número siete, una puerta recargada hecha de hierro forjado, lucía en lo más alto una figura confusa que podría ser cualquier cosa, incluso el mismísimo San Antonio.

–¿Vosotros sabéis qué aspecto tiene San Antonio? –preguntó Bea.

–Ni idea –repuso Adrián–. Eso podría ser cualquier santo...

–¡Incluso cualquier cosa que no fuera un santo! –rió Ana–. Ya hay que echarle imaginación para ver a San Antonio...

–Bueno, pero si mi padre lo dice... –insistió Adrián, que tenía una fe ciega en la sabiduría de su padre.

–Además –dijo Bea–, no hay otra cosa que pueda servirnos en todo el callejón. ¡O esto, o nada!

Miraron a su alrededor, confirmando las palabras de Bea. Necesitaban que fuera San Antonio, no podía ser otra cosa, así que la persona que buscaban tenía que vivir justo enfrente... Cuando se dieron la vuelta, a Ana se le escapó un grito agudo que retumbó en el callejón estrecho. Echó a correr hacia la plaza sin dar explicaciones, y Bea corrió tras ella mientras Adrián se esforzaba en alcanzarlas. Cuando lo consiguió, Ana aún no había logrado explicarle a Bea qué le había pasado.

–¡No lo sé! –gemía, con los ojos llenos de lágrimas y las mejillas pálidas–. Me he fijado en un ventanuco, justo enfrente de San Antonio. ¡Pero he visto la cara de un monstruo que me miraba!

Bea y Adrián la miraban, incrédulos, mientras Ana repetía una y otra vez que la había mirado un monstruo. No podía ser verdad...

–¿Quién es el guapo que se atreve a mirar otra vez? –preguntó Bea.

–Si hay que correr, yo no sirvo... –se quejó Adrián.

Ana, sorprendentemente, se calmó tan deprisa como se había alterado. Arrugó la frente, pensando intensamente, y enseguida gritó:

–¡Adrián, lee la pista!

Adrián obedeció sin hacer preguntas, y en la cara de Ana las arrugas fueron dejando paso a una media sonrisa.

–«Puede que a primera vista os parezca un poco raro» –repitió Ana–. ¡Y tan raro como me ha parecido! Tiene que ser él... ¡Vamos!

–¿Al callejón otra vez? –se sorprendió Bea. Semejante arranque de valor en Ana la dejaba desconcertada.

–Si lo dice Bruno, yo no tengo ninguna duda –aseguró Ana–. ¿Por qué no va a resultar tan bueno como Ágata?

Bien mirado, tenía toda la razón. Así que, aunque todavía sentían las piernas un poco temblorosas, volvieron los tres hacia el callejón del Agua buscando el ventanuco que había mirado Ana. Y allí, medio oculto tras unos visillos, un rostro horrible los miraba. Contuvieron un grito y Adrián, armándose de valor, preguntó con voz temblorosa:

–¡Hola! ¿Eres el amigo de Bruno?

Aquella cara deformada se animó de pronto con algo parecido a una sonrisa, y su dueño contestó algo que no pudieron entender.

–¿Qué dices? –preguntó Bea. Y Ana susurró:

–Creo que no puede hablar...

Desde el ventanuco les llegó una especie de gemido y, al mirar hacia arriba, vieron agitarse tres dedos temblorosos. Rápida como el rayo, Ana gritó:

–¿Vives en la puerta tres? –Y, ante el movimiento afirmativo de la cabeza, volvió a preguntar:– ¿Podemos subir?

La cabeza volvió a decir que sí y Ana miró, triunfante, a sus amigos. Bea y Adrián, resignados, se dirigieron con ella a la puerta del patio, que, por suerte, estaba abierta. Era un patio estrecho, mal iluminado por algunas bombillas que colgaban de un techo altísimo, y Adrián suspiró:

–Aquí sí que no hay ascensor...

Subieron muy despacio, en parte por respeto a la pierna de Adrián y en parte porque era una escalera incomodísima, tan estrecha y retorcida que Bea se encontraba casi peor que dentro del ascensor de Ágata. Llegaron al segundo piso con bastante esfuerzo y Ana llamó al timbre de la puerta tres con un dedo inseguro.

La puerta se abrió inmediatamente, pero no vieron a nadie. El interior del piso estaba mucho mejor iluminado que la escalera, pero aun así no resultaba nada atractiva la idea de meterse allí dentro. Estuvieron indecisos hasta que Bea dio un paso al frente, diciendo en voz baja:

–Es amigo de Bruno, ¿no?

Así era, y Bruno no tenía por amigo a cualquiera. La vieja Ágata, y ellos mismos, eran buena prueba de eso. ¡Si Bruno les había llevado hasta allí, debía tener una buena razón! Entraron los tres, muy juntos, y lo que vieron detrás de la puerta les hizo sentir unas ganas inmensas de salir corriendo. Sobre una silla de ruedas estaba sentado un chico que los miraba sin perder detalle, con unos ojos resplandecientes. No hubieran sentido deseos de huir si no hubiera sido porque tenía la cabeza más grande y más fea que habían visto nunca, una cabeza enorme que no hacía juego con unas piernas extremadamente delgadas y cortas.

Los tres se quedaron sin habla y con los ojos abiertos de par en par hasta que Ana, encontrando un valor que no sabía que tenía, dijo:

–¡Hola! Somos amigos de Bruno. No sé si te ha hablado de nosotros...

El chico de la silla de ruedas asintió, con una sonrisa, y dio una larga explicación de la que no entendieron una sola palabra. Hizo un gesto con la cabeza indicando el interior de la casa, sin dejar de sonreír, y, antes de darse cuenta, Adrián, Ana y Bea se encontraron sentados en un comedor perfectamente arreglado, esperando que algo ocurriera. El chico sacó del bolsillo derecho de su camisa un sobre y se lo tendió a Ana, que era la que tenía más cerca.

–¡Otra carta de Bruno! –exclamó Ana, mientras el chico sonreía. Y, dándosela a Adrián, añadió–: Léela.

–¡Siempre me toca a mí! –refunfuñó Adrián, aunque, en realidad, estaba encantado de leer todas las cartas de Bruno–. A ver qué dice.

–¡Empieza ya! –protestó Bea.

–¡Que sí! –dijo Adrián. Y se aclaró la garganta, como siempre que iba a leer en voz alta–: «Queridos Adrián, Ana y Bea: os presento a mi amigo Óscar. Habréis notado que tiene algunas dificultades para hablar, pero llegar a entenderle es sólo cuestión de práctica. Estoy seguro de que disfrutaréis de su compañía...»

–¡Qué carta más corta! –exclamó Ana, decepcionada. Y, volviéndose al chico, añadió–: Hola, Óscar. Soy Ana, y me alegro de conocerte.

–¡Y yo! Soy Bea...

–Yo soy Adrián, claro.

–¡Hola! –dijo Óscar.

Sonó un poco raro, pero no tuvieron ninguna duda de que les había saludado. Para romper el

hielo empezaron hablando de Bruno, por supuesto, que también visitaba a Óscar siempre que podía escabullirse de la vigilancia de Virtudes. La conversación no resultaba fácil. Óscar tenía que repetir las cosas varias veces para que le entendieran, mientras ellos intentaban adivinar lo que iba a decir para ahorrarle trabajo. En unas cuantas ocasiones acabaron los cuatro riendo a carcajadas, perdidos en una frase que no conseguían aclarar, pero al final de la tarde se entendían mejor y habían hecho un par de descubrimientos interesantes. El primero, que Óscar tenía buen corazón. El segundo, y no menos importante, que tenía un agudo sentido del humor que le permitía, incluso, reírse de su triste situación.

También se burló de ellos durante un rato, asegurando que no tenía la siguiente pista de Bruno, y consiguió que casi llegaran a creerle. Por fin, cansado de tomarles el pelo, sacó con esfuerzo otro sobre del bolsillo izquierdo de su camisa y, esta vez, se lo tendió directamente a Adrián:

–¡Lee!

Y Adrián, que a estas alturas parecía que se hubiera pasado la vida recitando poesía, leyó con mucha soltura la última pista de Bruno:

> Hasta los dragones tienen
> en el fondo un corazón,

y el más terrible de todos
no es en esto una excepción.
Si la buscáis todos juntos
hallaréis la solución,
que vuestras cinco cabezas
valen por un buen montón.
Sólo hay que encontrar la forma
de apaciguar el ciclón…
Cuando encontréis el camino
seguidlo sin dilación,
que una buena recompensa
es la que guarda el dragón.
Si tenéis la vieja llave
y ponéis mucha atención,
disfrutaréis del regalo
de este viejo gordinflón.

Cuando Adrián terminó de leer se hizo el silencio. Eso de los dragones daba un poco de miedo... Y tenían que marcharse ya, si llegaban tarde a casa podían quedarse castigados sin salir. ¡Y eso era lo último que querían!

–Óscar, tenemos que irnos –suspiró Ana. Se estaba tan a gusto...

–¿Podemos volver mañana? –le preguntó Bea–. A ver si entre todos damos con la solución...

Óscar afirmó con la cabeza y levantó una mano, abriendo mucho los dedos.

–¿Qué? –preguntó Adrián. Y, enseguida, exclamó–. ¡Claro, tenemos que ser cinco!

–La quinta es Ágata –aseguró Ana–. ¿Podemos traerla mañana, Óscar?

Óscar afirmó alegremente. ¡Le encantaban las visitas! Vivía solo desde que había muerto su madre, tres años atrás, aunque sus hermanos iban a verle a menudo. Todos le habían ofrecido que se fuera a vivir con ellos, insistiendo hasta ponerse más que pesados, pero Óscar no había aceptado. No quería ser una carga para nadie, y estaba tan acostumbrado a su casa de toda la vida y su balcón sobre la plaza que no quería cambiarlos por ningún otro lugar. A fin de cuentas, se las arreglaba bastante bien con la ayuda que tenía. La de una asistenta encantadora que le hacía ocho horas de compañía mientras dejaba la casa impecable y preparaba comida caliente. La de un enfermero parlanchín que lo sacaba de la cama por la mañana y lo acostaba por la noche, además de controlar su medicación y ocuparse de su aseo. Y, un par de veces por semana, la de unos chavales voluntarios y alegres que lo bajaban a la calle para que diera un paseo y respirara aire fresco. Se las arreglaba bien, sí, pero de vez en cuando se sentía solo y muchas veces se aburría de manera insoportable. ¡La visita del día siguiente le parecía una perspectiva fantástica!

Los tres amigos se despidieron de él, asombrados de lo pronto que se habían acostumbrado a su extraña cara y a su manera aún más extraña de hablar. ¡Ya ni siquiera les parecía feo! Y pensar que lo habían tomado por un monstruo...

Bajaron las escaleras en silencio, concentrados en no tropezar unos con otros, y, ya en la calle, rompieron a hablar los tres a la vez. ¡Esta última pista era realmente difícil!

–No hay por dónde empezar... –se quejó Bea.

–¡Ni siquiera por San Antonio! –rió Ana.

–Sólo un dragón –reflexionó Adrián–. ¿De dónde vamos a sacar un dragón?

–No sé vosotros –dijo Bea–, pero yo no pienso preguntar en casa por un dragón... ¡Son capaces de llevarme a un loquero!

–Ni yo –dijo Ana–. ¡Si le hablo a mi madre de un dragón, me encierra en casa hasta los veinte años!

–No, yo tampoco –afirmó Adrián. Sus padres eran muy comprensivos, pero no sabía si tanto…–. Esta vez tendremos que arreglarnos solos.

–Con Óscar y Ágata, no lo olvides –dijo Bea.

–A mí me preocupa que Ágata no quiera ir a casa de Óscar –confesó Ana–. Dijo que nunca salía...

–¡Pues de llevar a Óscar a su casa, ni hablar! –saltó Adrián.

–Cualquiera lo baja... –dijo Bea con una risilla.

Y así, sin encontrar soluciones, llegaron a casa. Ana durmió a gusto por primera vez en muchos días, contenta de haber llevado un poco de alegría a la vida de Óscar. Bea, nerviosa como siempre, le daba vueltas y vueltas a la cuestión del dragón, sin poder dormir y sin dejar que durmieran sus hermanos. Y Adrián, que no podía apartar de su mente la silla de ruedas de Óscar, se acariciaba la pierna enferma y empezaba a mirarla con cierta simpatía. Desde luego, estaba visto que las cosas podían ser mucho peores...

Capítulo 8
El corazón del dragón

Llegaron a casa de Ágata con el corazón desbocado, barajando mil argumentos con los que convencerla para ir a ver a Óscar. Enfrascados como estaban en la conversación, ni siquiera parpadearon cuando el tropel de gatos de costumbre se abalanzó sobre ellos en el rellano. Y Bea cayó entonces en la cuenta de que no se había ni enterado del viaje en ascensor... ¡No hay nada como tener la cabeza ocupada! Irrumpieron en casa de Ágata como un batallón, hablando los tres a la vez en voz muy alta:

–Ya sabemos que no sales nunca, pero lo de hoy es especial... –gritaba Ana.

–¡Tienes que venir! –chillaba Bea.

–¡Tenemos la última pista! –bramaba Adrián.

Y Ágata los miraba en silencio con sus brillantes ojos verdes. Cuando dejaron de gritar, sorprendidos de no encontrar ninguna resistencia, les señaló con un gesto una cesta enorme que reposaba sobre la mesa en la que habitualmente merendaban.

–¿Qué es eso? –preguntó Bea.

–La merienda, por supuesto –rió Ágata–. ¿O pensabais dejar al pobre Óscar sin chocolate y pastelitos? No sería justo...

Ana y Bea saltaron a la vez al cuello de Ágata, como si se hubieran puesto de acuerdo, y estuvieron a punto de derribarla en el suelo. A Ágata no le importó, porque le encantaba que la besaran, pero los gatos se volvieron medio locos. Maullaban y se revolvían intentando defender a su dueña, que no conseguía calmarlos por más voces que daba. Y, en medio de ese jaleo, Adrián gritaba a pleno pulmón sin que nadie le hiciera caso:

–¿Así que ya conocías a Óscar?

Cuando las cosas se calmaron un poco, Ágata le contestó:

–Ya habrás notado que a Bruno le gustaba presentar a sus amigos... –Y añadió–. ¡Si no nos vamos ya, llegaremos demasiado tarde para merendar!

Todos estuvieron de acuerdo y, poco después, arrastraban la pesada cesta de Ágata por la estrecha escalera que llevaba a casa de Óscar, quien les abrió la puerta con una sonrisa de oreja a oreja. Sentados alrededor de la mesa del comedor, mojando los cremosos pastelitos en el delicioso chocolate caliente de Ágata, empezaron a darle vueltas a la última pista de Bruno. En condiciones normales ya resultaba bastante difícil entender a Óscar, pero con la boca llena era casi imposible. Menos mal que Ágata se las arreglaba para adivinar lo que quería decir...

–¡Me he pasado la noche pensando y no se me ha ocurrido nada! –se quejó Ana, sacando un palmo de lengua para lamer el chocolate que le corría barbilla abajo.

–¡Ni a mí! –aseguró Bea, casi atragantándose–. Bueno, se me han ocurrido muchas cosas, pero ninguna que tenga que ver con dragones... ¡En realidad, no sé nada de dragones!

–¡Nadie sabe nada de dragones! –corroboró Adrián–. Sólo salen en los cuentos de hadas, y ya estamos un poco crecidítos para esas cosas...

–Sin embargo, tenemos que enfrentarnos con un dragón... –murmuró Ana, pensativa.

–¡Con el más terrible de todos, no lo olvides! –sonrió Ágata–. Pero está claro que en el barrio no hay dragones. Hay brujas como yo, con malignos ojos verdes y aficionadas a volar sobre una escoba las noches de luna llena. Hay niños raros como vosotros, que hacen amistad con viejos quiosqueros en lugar de coleccionar cromos de fútbol. Y hay tipos encantadores como Óscar, que asusta a las buenas gentes con su lengua de trapo y su silla de ruedas. ¡Ah, y cientos de gatos! Pero de dragones, nada de nada. ¿A qué creéis que se refería Bruno?

–A algo verdaderamente malo... –murmuró Adrián.

–¡A Virtudes! –gritó Óscar. Pero nadie le entendió, así que tuvo que repetirlo muchas veces, salpicándolo todo de migas, hasta que todos gritaron a la vez:

–¡Virtudes! ¡Claro que sí! ¡Tiene que ser Virtudes! ¡Eso es, Óscar! ¡Has dado en el clavo!

¿Cómo no lo habían pensado antes? ¿Quién, sino Virtudes, podía ser el más terrible dragón de aquel barrio? Pero eso quería decir...

–¡Que tenemos que encontrar el corazón de Virtudes! –gritó Ana–. ¡Eso es lo que quiere decir!

No podía querer decir otra cosa, pero la idea no resultaba tentadora en absoluto. Que Virtudes tuviera un corazón ya era difícil de creer, pero que ellos pudieran encontrar el camino hasta él... ¡Eso era pura fantasía! Estaba claro que ninguno de los cinco le gustaba un pelo. El pobre Bruno se había pasado la vida visitando a Ágata y a Óscar a escondidas, intentando evitar que Virtudes se enfureciera por lo que consideraba únicamente una pérdida de tiempo. En cuanto a ellos, los había expulsado mil veces del quiosco de muy malas

maneras, y había vigilado con ojos de águila las pobres chucherías que les regalaba Bruno. Seguro que si hubiera visto la enorme bolsa de chuches que casi llenaba la caja de zapatos, se hubiera puesto hecha una furia. ¡Bonito grupo formaban para ir ahora a ablandarle el corazón! Se quedaron todos en silencio un buen rato, hasta que Bea reflexionó en voz alta:

–Tenemos que seguir confiando en Bruno –y, mirando de reojo a Ágata y a Óscar, añadió:– Hasta ahora nos ha salido bien...

–Es verdad –confirmó Ana–. ¿Por qué no tendría que salir bien con Virtudes?

–¡Porque no sabemos por dónde empezar! –resopló Adrián, a quien la sola idea de acercarse a Virtudes le hacía sentirse como si una mano helada le apretara el estómago sin piedad.

–Ahí tienes razón –terció Ágata–. El problema es que, en realidad, no sabemos nada de Virtudes...

Óscar, excitado, dijo algo muy largo atropelladamente, con los ojos brillantes. Ana, Bea y Adrián se volvieron hacia Ágata, esperando que ella le hubiese comprendido. Y Ágata, que se daba una maña estupenda para entenderlo todo, exclamó:

–¡Pues es verdad! ¡Parecemos tontos!

–¿Qué pasa, Ágata? –preguntó Adrián–. ¿Qué ha dicho Óscar?

–Que Bruno no hubiera podido vivir con Virtudes si ella no tuviera alguna cosa buena.

–¡Es verdad! –gritó Bea–. Nos hemos preguntado mil veces por qué se casó con ella... ¡Eran tan diferentes!

–Y nunca lo hemos entendido... –añadió Ana con una risita.

–Seguramente fue porque supo encontrar el camino hasta su corazón –murmuró Ágata–. ¡Y, la verdad, podía habernos dado alguna pista!

Después de hablar del asunto hasta que les dolió la lengua, sólo les quedó una cosa clara: no podían hacer nada antes de saber algo más acerca de Virtudes. Así que decidieron vigilarla durante unos días, para tratar de descubrir qué podría enternecer a aquella mujer que parecía más dura que el granito. Incluso Ágata se ofreció a hacer algunas excursiones por los alrededores del quiosco, con los ojos bien abiertos, a pesar de la pereza que le daba salir de casa y del trabajo que tenía con los gatos. A Óscar le daba rabia no poder colaborar, pero no había nada que pudiera hacer sin salir de casa. Para consolarle un poco, los otros prometieron contarle cualquier cosa que averiguaran, por pequeña que fuera. Y con esa promesa se fueron a casa, dispuestos a empezar la vigilancia a la tarde siguiente.

Pasaron muchos días sin que pudieran averiguar nada de nada. Se pasaban las tardes muertas merodeando por los alrededores del quiosco, con cualquier excusa o sin ella, sin ver nada más que el perpetuo y ya conocido gesto de vinagre de Virtudes. Encontraban tiempo para subir a merendar con Ágata, que tampoco sacaba nada en claro de sus paseos, excepto algún que otro gato que acababa por llevarse a casa. Y también para acercarse a tranquilizar a Óscar, que empezaba a temer que pudieran olvidarse de él. De pronto un día, cuando estaban a punto de desesperarse, Ana hizo una pregunta que los sacudió como una corriente eléctrica:

–¿Os habéis dado cuenta de que sigue habiendo flores?

¡Flores! Desde que conocían el quiosco, siempre había habido flores sobre el mostrador. Todos los días. Un ramo entero de claveles rojos, un simple manojo de margaritas arrancadas de cualquier jardín, una rosa solitaria balanceándose sobre un tallo larguísimo, un par de tulipanes orgullosos, un sencillo ramillete de violetas... Y siempre, sin molestarse en preguntar, habían dado por hecho que era cosa de Bruno. Pero ahora Bruno ya no estaba, y sobre aquel mostrador seguía habiendo flores todos los días.

No sabían si era ésa la respuesta que buscaban, pero no cabía duda de que, por fin, tenían algo nuevo. ¡Había que convocar una reunión urgente!

Mientras Adrián iba directamente a casa de Óscar, para ahorrarle esfuerzos a su pobre pierna, Ana y Bea corrieron como flechas en busca de Ágata. Media hora más tarde, apiñados todos en el comedor de Óscar, estaban tan contentos como si acabaran de descubrir un continente desconocido o un nuevo planeta escondido en una esquina del sistema solar, allí donde siempre hace frío. Y no era para menos. ¡Habían descubierto que Virtudes adoraba las flores! Y eso debía de significar algo, ¿no? Por ejemplo, que el dragón tenía por lo menos un trocito de corazón escondido en algún lugar del pecho…

–¡Tiene que ser eso! –gritaba Bea–. ¡La forma de apaciguar el ciclón!

–¿Verdad que sí, Ágata? –preguntaba Adrián–. ¿A que no puede ser otra cosa?

–A mí, desde luego, no se me ocurre otra cosa –sentenció Ágata–. Y por algún sitio tenemos que empezar...

Adrián y Bea volvieron a quitarse la palabra de la boca mientras Ágata clavaba sus ojos verdes en Óscar y Ana, los únicos que no habían abierto la boca. Óscar parecía haberse dormido, con los ojos cerrados y la cabeza echada hacia atrás sobre el respaldo de su silla. Ana, con la frente cuajada de arrugas, pensaba tan intensamente que casi podía oírse el ruido que hacían los engranajes de su cerebro. Un momento después, todavía bajo la atenta mirada de Ágata, rompieron a hablar los dos a la vez. Al darse cuenta, los dos se callaron de golpe para dejar hablar al otro. Y, al momento, volvieron a hablar los dos a la vez. Y volvieron a callarse. Repitieron el juego varias veces hasta que Bea, fuera de sí, gritó:

–¡A ver si os ponéis de acuerdo!

Y el grito tuvo la virtud de romper el círculo vicioso. Todos estallaron en carcajadas, incluida la propia Bea, y Ana dijo:

–Tú primero, Óscar.

Pero Ágata se interpuso:

–Habla tú, Ana. No sé por qué, me parece que vais a decir lo mismo...

–Si las flores son el camino al corazón de Virtudes, necesitamos flores –explicó Ana, muy seria y hablando despacito, como una maestra preocupada porque sus niños no pierdan detalle de lo que está explicando–. Podríamos llevarle un ramo enorme, pero las flores bonitas son carísimas y creo que ninguno de nosotros tenemos dinero para eso. ¡Además, que duran muy poco! También podemos robarlas de un jardín, pero sería un ramo muy pobre... ¡Y tiene que ser magnífico, si queremos conmoverla hasta que nos diga qué abre la llave de Bruno!

–Entonces, ¿qué? –se impacientó Bea–. ¡Creí que tenías la solución!

Y, antes de que Ana pudiera replicar, Óscar dijo muy despacio, para que se le entendiera bien:

–¡Plantarlas!

–¡Eso iba a decir yo! –saltó Ana–. Podemos plantar geranios, y claveles... ¡Y más cosas! Cuando tengamos las macetas llenas de flores, se las regalamos a Virtudes para adornar el quiosco...

–¡Regalárselas! –exclamó Adrián con un escalofrío–. ¿Por qué?

–¡Pareces tonto! –le gritó Bea–. Por lo pronto, para que no nos tire de allí a patadas...

–Y para que nos diga qué se abre con esa llave oxidada... –añadió Ana.

Adrián se quedó con la boca abierta, rumiando aquel plan. ¡Parecía tan sencillo! Era una vergüenza que no se le hubiera ocurrido a él nada parecido... Sin embargo, todavía le quedaba una objeción:

–¡Tardaremos siglos! –exclamó. Y, puestos a poner problemas, añadió–: Y, además, no tenemos macetas...

–Por las macetas no te preocupes –aseguró Ana–. Mi madre tiene montones, y siempre están vacías.

–¿Y eso por qué? –preguntó Ágata, muy extrañada.

–Porque no tiene mano para las flores... –suspiró Ana–. ¡Se le mueren todas, menos los cactus! Pero no pierde las esperanzas, y guarda todas las macetas viejas por si algún día cambia su suerte. Yo no me atrevo a decírselo, pero creo que la pobre no tiene nada que hacer.

–¡Bueno, pues un problema menos! –rió Óscar.

–Pero sigue habiendo más –insistió Bea–. ¡Vamos a tardar un montón de tiempo!

–Pues a mí no se me ocurre otra cosa... –dijo Ana. Y Óscar también movió negativamente la cabeza.

–¿Y qué importa? –preguntó Ágata–. ¿Por qué tenéis tanta prisa? Me parece que os habéis olvidado de algo que os dijo Bruno al principio del juego...

–¿De qué? –preguntó Ana, que presumía de tener muy buena memoria.

–«Lo bueno de un viaje no es sólo llegar, sino todo lo que se descubre por el camino» –citó Ágata–. ¿Y si tuviera razón?

–Hasta ahora, ha tenido razón en todo lo que ha dicho... –murmuró Adrián.

Y todos estuvieron de acuerdo.

Capítulo 9
Un arco iris en el balcón

La actividad en casa de Óscar era febril todos los días. Habían instalado allí el centro de operaciones para que no se perdiera detalle, y acudían cada tarde después del colegio y todo el tiempo que podían durante el fin de semana. Hasta la pierna de Adrián se estaba poniendo más fuerte, con tanto ejercicio por aquellas escaleras estrechas... Ágata, que pocas semanas atrás apenas salía de casa, se pasaba ahora la vida parloteando con unos y otros en el comedor de Óscar. Estaba tan a gusto que se hubiera quedado mucho más tiempo de no ser por los gatos. Pero no tenía más remedio que ocuparse de que no les faltara comida y agua, además de limpiar como podía el desastre que organizaban. Ahora que tenía tantas cosas que hacer, la verdad es que le daba una pereza espantosa tener que ocuparse de tantos gatos…

–¡Es una lata! –se quejaba de vez en cuando, sobre todo cuando llegaba la hora de volver a casa.

–¿Y por qué no los regalas? –preguntó una tarde Bea, que no entendía eso de quejarse de algo y no mover un dedo para resolverlo.

–¿Regalarlos? No sé… –dudó Ágata–. En realidad, no son míos…

–Pero es como si lo fueran –insistió Bea–. Búscales dueño, y se acabó el problema.

–Nosotros podemos echarte una mano –aseguró Adrián–. En el colegio, o por el barrio…

–Bueno –acabó por aceptar Ágata–. Le daremos un gato a todo aquel que lo quiera… Después, ya me las arreglaré como pueda con el resto.

Y resultó que la gente que quería un gato era muchísima más de la que suponían. Los que quedaron en casa, aburridos, empezaron a marcharse de uno en uno o de dos en dos, en busca de una vida con más alicientes. Y, cuantos menos gatos quedaban en casa, con más simpatía miraban a Ágata sus vecinos... Puede que siguieran pensando que era una bruja, pero por lo menos su casa ya no apestaba a pis de gato, y el rellano de la escalera volvía a estar tan limpio como todos los demás.

El comedor de Óscar, donde ahora se pasaban la vida, tenía un ventanuco que daba al callejón del Agua y, en la pared opuesta, un pequeño balcón sobre la plaza. En el balcón pasaba Óscar los días buenos, disfrutando del sol que entraba a raudales para calentarle el corazón. Y los días malos, cuando el frío o la lluvia le impedían salir, pegaba la nariz a los cristales para no perderse nada de lo que pasara en la plaza. Ese balcón fue el lugar escogido para poner las tres macetas que la madre de Ana les había regalado después de hacerse un poco de rogar. Eran tres macetas de barro cocido y de buen tamaño, capaces de albergar muchísimas flores...

Pasaron varias tardes discutiendo de qué color pintarlas, porque había opiniones para todos los gustos, y otras tantas para pintarlas por fin con témperas un poco resecas y pinceles que estaban empezando a quedarse calvos. Una maceta de un rojo escandaloso, el color favorito de Bea; otra maceta de un amarillo canario, el color favorito de Adrián; la tercera de un azul eléctrico y luminoso, el favorito de Ana. Trabajaron mucho y ensuciaron bastante el comedor, pese a las quejas de la asistenta de Óscar, pero quedaron bonitas de verdad. Con esas tres macetas brillando al sol, el balcón resultaba ahora más alegre que una verbena.

Ana, Bea y Adrián se pasaban las horas discutiendo la mejor manera de hacerse con las semillas que necesitaban, hasta que las semillas se convirtieron en su único tema de conversación. ¡Cualquiera hubiera pensado que eran jardineros expertos! Hablaban de semillas a la hora del patio, y mientras masticaban el pastoso arroz del comedor, y mientras recogían las mochilas para volver a casa... Lo malo es que también hablaban de semillas mientras Consuelo explicaba matemáticas, y mientras Antonio intentaba que entonaran la escala, y mientras Inés repartía los últimos exámenes, sembrados todos ellos de círculos rojos... ¡Si no lo resolvían pronto, aquel asunto de las semillas acabaría por crearles verdaderos problemas cuando llegaran las notas!

Adrián se inclinaba definitivamente por la solución más simple: cortar esquejes de las plantas del parque y plantarlos en las vistosas macetas del balcón de Óscar. Los demás no estaban muy convencidos, pero él aseguraba:

–¡Es lo mejor! Tardarán mucho menos en crecer que las semillas, y además nos sale gratis. ¡Caramba, todo son ventajas! No sé por qué no lo veis tan claro como yo...

–¡Porque no está tan claro! –chilló Bea–. A ver si te crees que nos van a dejar cortar plantas del parque sin decirnos nada...

–¡Pues que digan! –se empeñó Adrián–. Nosotros nos vamos, y ya está...

–Claro, y a los diez minutos lo sabe todo el barrio... ¡Incluida Virtudes! –intervino Ana–. Sólo conseguiremos una bronca en casa y estropear la sorpresa...

–Ana tiene razón –apoyó Óscar.

–Y además –metió baza Ágata–, se os ha olvidado algo importante. Las plantas del parque son de todo el barrio, así que no tenemos derecho a cogerlas sin permiso...

–¡Ah, pues yo paso de pedirle permiso a todo el barrio! –saltó Bea–. ¿Lo ves, Adrián? No es buena idea...

Un par de días después de esa acalorada discusión, Óscar tomaba el sol en el balcón como cada mañana y contemplaba pensativo las tres macetas todavía vacías. Se fijó después en la plaza, que hervía de actividad a esas horas de la mañana. Por allí andaba la señora Julia paseando a sus perros, y Andrés con el cochecito del nieto, y Marta repartiendo periódicos, y los tenderos del barrio arreglando sus mercancías en las puertas... De pronto le llamó la atención una furgoneta que no se veía a menudo en esa plaza, y que lucía en grandes letras un cartel del Ayuntamiento. Dispuesto a no perderse detalle de la nueva distracción, vio que de la furgoneta salían un hombre pelirrojo y dos chicas morenas, los tres enfundados en vistosos monos amarillo limón y cargados con un montón de herramientas. La más bajita de las dos chicas empujaba, además, una carretilla verde y un poco oxidada... Asombrado, contempló cómo los tres empezaban a trabajar con ganas en el pequeño jardín de la plaza: cortaban ramas, quitaban hojas secas, removían la tierra con sus azadas y regaban con una enorme manguera negra los sedientos setos. Sus ojos iban de los tres jardineros a las macetas vacías del balcón y de las macetas a los tres jardineros, que charlaban animadamente sin dejar de trabajar.

Se lo pensó un momento, temiendo que no fueran capaces de entenderle, pero esas tres macetas vacías eran más importantes que cualquier otra cosa. Con su voz ronca y desafinada, a gritos destemplados, consiguió por fin llamar la atención de los jardineros. La primera en levantar la vista fue la chica de la carretilla, y enseguida avisó a sus compañeros. Los tres dejaron sus azadas en el suelo para mirar a Óscar, que señalaba desesperadamente las tres macetas que brillaban en medio del balcón. La otra chica comprendió al fin y preguntó, también a gritos:

–¿Qué quieres, chaval? ¿Tierra para tus macetas? –Óscar asentía sin parar con la cabeza, demasiado nervioso para intentar hablar, y la chica añadió–. ¡Espera un poco!

Entre los tres llenaron una gran bolsa de plástico con unas paletadas de tierra recién removida, y el pelirrojo se la cargó al hombro con la misma facilidad que si estuviera llena de algodón. Un momento después, Óscar le abría la puerta y él depositaba con suavidad la bolsa justo al lado de las macetas. Miró a Óscar sin hacer el menor gesto de desagrado y preguntó:

–¿Quieres que las llene?

Y Óscar, nervioso y feliz, sólo acertó a negar con la cabeza. Pasó un momento antes de que pudiera hablar, pero por fin consiguió articular:

–Lo harán mis amigos... ¡Muchas gracias!

Hubiera querido decirle que ese saco de tierra valía más que si estuviera lleno de oro molido, pero no hacía falta. Su sonrisa de oreja a oreja y el brillo de sus ojos decían más de lo que hubieran podido expresar sus palabras... El hombre se fue silbando entre dientes, contento de haber alegrado un poco a aquel chico clavado en su silla de ruedas. Cuando terminaron el trabajo en el jardín de la plaza, el pelirrojo y sus dos compañeras se despidieron de Óscar agitando alegremente las manos y desaparecieron por la avenida en su renqueante furgoneta blanca. Óscar, radiante, apenas podía esperar a que se hiciera la hora de merendar y sus nuevos amigos subieran en tropel las escaleras...

La tarde se les fue volando entre tazas de chocolate y cucharadas soperas de tierra con las que iban llenando poco a poco las macetas. A última hora, cuando llegó la hora de volver a casa, las macetas repletas de tierra tenían un aspecto estupendo, pero no podía decirse lo mismo del resto de la casa. Había regueros de tierra que iban de la mesa del comedor al balcón, del balcón al cuarto de baño, del baño a la cocina, de la cocina otra vez al balcón... Para colmo, el agua que habían usado para humedecer la tierra había dejado un charco aquí y otro allá, y las ruedas de la silla de Óscar se habían encargado de distribuir el barro por todos los rincones de la casa.

–¡Qué desastre! –cayó en la cuenta Ana antes de marcharse.

–Un verdadero desastre –confirmó Ágata–. Me temo que tenemos mucho que limpiar...

–¡No será ahora! –se espantó Bea–. Si no estoy en casa dentro de un cuarto de hora, ya puedo olvidarme de volver por aquí en mucho tiempo...

–¡Pues mañana no viene la asistenta! –exclamó Óscar–. Está un poco pachucha y tiene que ir al médico.

–No te preocupes, Óscar –le tranquilizó Adrián–. Mañana por la tarde limpiaremos todo esto antes de merendar.

–¡Lo que es seguro es que no voy a limpiarlo yo! –rió Óscar–. A veces, la silla de ruedas tiene sus ventajas...

La tarde siguiente, dispuestos a cumplir su promesa, los tres amigos corrieron a casa de Óscar después del colegio. Para su sorpresa, Ágata no había llegado todavía.

–¡Qué morro! –se quejó Bea–. Llega tarde y se escaquea de limpiar...

–¡Qué morro el tuyo! –la defendió Ana–. ¿O es que ella no hace cada tarde la merienda para todos?

Bea no contestó, avergonzada, y se aplicó con energía a limpiar el barro reseco que cubría el suelo. ¡Le daba una pereza espantosa! Nunca le había gustado limpiar, y cada vez que le tocaba colaborar en casa le costaba una bronca con sus padres. Adrián y Ana, menos perezosos, limpiaban ya silbando entre dientes, mientras Óscar los contemplaba con una sonrisa divertida. Al cabo de un momento, exclamó:

–¡Sois buenos limpiando! Creo que voy a despedir a la asistenta...

–¡Ni se te ocurra! –gritó Bea–. ¡No pienso volver a hacer esto ni en un millón de años!

La triple carcajada que le llegó en respuesta hizo que se pusiera colorada hasta la raíz del pelo. Mientras aún se reían de la salida de Bea, el timbre de la puerta sonó con insistencia.

–¡Ágata! –gritó Ana, corriendo a abrir–. ¡Por fin ha llegado!

Resoplando y con las mejillas rojas como manzanas, Ágata llegó cargada con su eterna cesta. Una enorme sonrisa le cruzaba la cara y ponía luces de fiesta en sus ojos verdes.

–¡Ha llegado la reina de la primavera! –anunció alegremente apenas entró por la puerta. Y, como los cuatro amigos la miraban con los ojos como platos, explicó entrecortadamente:– ¡Traigo margaritas, geranios y claveles! ¡Y listos para plantar!

–¿De dónde los has sacado? –preguntó Bea, a gritos como de costumbre.

–¡No os lo vais a creer! –rió Ágata–. Me los ha regalado Elisa...

–¿Elisa, la de la droguería? –preguntó Ana, incrédula.

–¡Anda ya! –exclamó Adrián.

–¡Que sí! ¡De verdad! –insistió Ágata.

–¿Y por qué? –quiso saber Bea.

–Pues no lo sé muy bien –confesó Ágata. Y añadió, con una risita–. Puede que sea porque se alegra de no tener gatos enredando entre sus macetas... ¡Tiene las plantas más bonitas del barrio!

–¿De verdad? –se asombró Ana. No sabía por qué, pero no lograba imaginarse a Elisa cuidando las plantas. Para ella, Elisa existía sólo dentro de su droguería, envuelta en su delantal rayado, trasteando entre jabones y detergentes.

–¡Te lo aseguro yo, que las veo desde mi casa! –exclamó Ágata–. Esta mañana he entrado en su tienda y se lo he dicho. Y, de paso, le he pedido consejo para nuestras macetas. ¡Se ha puesto tan orgullosa, que me ha regalado esquejes listos para plantar! ¡Geranios, margaritas y claveles!

–¡Ahora sí que lo tenemos todo! –rió Óscar, feliz como no había estado en mucho tiempo.

Estaban tan excitados que apenas pudieron merendar, y esa tarde sobraron muchos de los pastelitos de crema de Ágata. ¡Todos estaban impacientes por empezar la labor! Y plantaron, por decisión unánime, las margaritas blancas en la maceta roja, los claveles rojos en la maceta azul y los geranios morados en la maceta amarilla. Cuando brotaran las flores, tendrían un verdadero arco iris en el balcón...

Cuando acabaron de plantar todos los esquejes y de regar bien las tres macetas, contemplaron satisfechos su labor. Y, al darse la vuelta, contemplaron desolados el lamentable aspecto que ofrecía otra vez el comedor de Óscar. ¡Vuelta a empezar con la escoba y el recogedor! Para sorpresa de todos, Bea fue la primera en ponerse a arreglar el estropicio con una sonrisa en los labios. Un momento después eran cuatro los que barrían y silbaban, mientras el cielo empezaba a oscurecerse y Óscar no podía apartar los ojos de las macetas del balcón. El trabajo estaba terminado. Ahora sólo quedaba esperar...

Capítulo 10
Flores en los mares del sur

Y esperaron. Cada día se reunían los cinco en casa de Óscar, feliz de estar tan bien acompañado. Merendaban, charlaban de mil cosas y, sobre todo, cuidaban las plantas. Las regaban con una regadera de plástico verde que llevó Bea un buen día, metida a presión en la mochila, espiaban el nacimiento de cada nuevo brote y vigilaban atentamente que no se llenaran de bichos. Sin que se dieran cuenta se les coló el mes de mayo por el balcón, trayendo con él una explosión de vida. Y una tarde de mediados de mayo, en cuanto entraron por la puerta, Óscar gritó:

–¡Flores! ¡Tenemos flores!

Y como lo dijo estupendamente, a pesar de estar nervioso como un flan, todos corrieron al balcón, incluso Adrián. Se quedaron admirados de lo que la primavera había sido capaz de hacer en una sola noche. Gritaron, aplaudieron, se abrazaron... y a punto estuvieron de tirar las macetas con tanto entusiasmo. Ágata serenó los ánimos, diciendo:

–¡A merendar! No pienso echar a perder el chocolate, por muchas flores que tengamos.

Y como, a pesar del entusiasmo, todos tenían un hambre de lobo, se sentaron sin rechistar alrededor de la mesa. Aprovechando que todos estaban con la boca llena, Ágata dijo:

–Ahora nos queda lo más difícil...

–¡Pues qué bien! –gritó Bea, escupiendo migas por toda la mesa.

–¿Qué vamos a hacer? –preguntó Ana, mientras un hilillo de chocolate le corría barbilla abajo.

Adrián y Óscar no abrieron la boca, porque estaban ocupados comiendo a dos carrillos, pero sus ojos venían a preguntar aproximadamente lo mismo. Ágata, como si no la hubieran interrumpido, siguió hablando:

–Nos queda regalarle a Virtudes las flores que hemos cultivado para ella. Y confiar en que le gusten...

–Y en que nos diga qué es lo que abre esa dichosa llave... –añadió Adrián, que ya se había acabado la merienda.

–¡Le gustarán seguro! –exclamó Ana, extasiada–. Son preciosas...

Pasaron el resto de la tarde programando la expedición que harían al día siguiente. A todos les daba una pena muy grande despedirse de sus macetas, y les daba un miedo aún más grande pensar en enfrentarse a Virtudes. Pero el juego de Bruno estaba llegando a su fin...

Cuando se despidieron al anochecer, la decisión estaba tomada. Y, aunque ninguno pensaba echarse atrás, todos pasaron una noche malísima. Bea daba vueltas y vueltas en la cama sin poder conciliar el sueño, y Adrián tuvo unas pesadillas espantosas en las que Virtudes, convertida en dragón, reducía a cenizas las plantas que tanto habían cuidado. Ana, por su parte, cenó a toda velocidad, luchando por no echarse a llorar de puros nervios, y se pasó el resto de la noche luchando con unas incontrolables ganas de vomitar. Ágata, que era la que parecía más tranquila, se entretuvo hasta bien entrada la madrugada en limpiar una y otra vez el rellano de la escalera, que ya no podía estar más limpio. Si aquello duraba mucho, aún acabarían por nombrarla vecina de honor... Entre fregoteo y fregoteo, oyó dar las cuatro en la campana de la torre, y vio salir el sol antes de poder conciliar el sueño. Y Óscar, aunque no quería decírselo ni a sí mismo, era el más preocupado de todos. ¡Esa expedición le ponía los pelos de punta!

Los cinco tenían un aspecto lamentable al día siguiente. Estaban pálidos y ojerosos, muy escasos de fuerzas y más escasos todavía de ánimo. Pero tenían una misión que cumplir y se aplicaron a ello. La primera parte era la que les daba menos miedo, y era, sin embargo, la más difícil. Bajar a Óscar por aquella escalera empinada iba a resultar muy complicado, pero no podían permitir de ninguna manera que se perdiera el final del juego... Eran cinco, y cinco serían hasta el final. Menos mal que Ágata, pese a lo cansada que estaba, parecía tenerlo todo perfectamente organizado:

–Adrián, tú vas cogiendo las macetas del balcón y las pones al lado de la puerta –ordenó. Y, ante un gesto de Adrián, añadió–. Ya, ya sé que pesan, pero nadie ha dicho que fuera a ser fácil.

–¿Por qué yo? –protestó Adrián.

–Porque nosotras tenemos que bajar a Óscar a la calle. ¿Te parece eso más cómodo?

–No, no... –murmuró Adrián, impresionado. Ana y Bea, aterradas por la noticia, ni siquiera se atrevieron a preguntar cómo iban a hacer aquello. Dejaron que Ágata siguiera hablando:

–Óscar, acércate a la puerta. Vamos a bajarte sin la silla, ya subiremos después a por ella.

–¿Sin la silla? –se espantó Óscar.

–Con silla ni lo sueñes, es demasiado peso para nosotras –contestó Ágata, tajante. Y siguió dando instrucciones–. Niñas, vosotras le cogéis una de cada pierna. Yo le cogeré los brazos y, de una manera u otra, llegaremos abajo.

Lo decía con tanta firmeza que no se les ocurrió ni protestar. Pero Bea pensaba que lo más seguro era que llegaran abajo rodando por las escaleras, los cuatro enredados en un nudo imposible de desatar. Ana, por su parte, no podía apartar los ojos de las piernas de Óscar, tan blandas y delgadas. ¿Sería capaz de tocarlas sin que le subiera a la cara una mueca de asco? Por nada del mundo querría ofender a Óscar, pero la sola idea de sostener aquellas piernas le revolvía el estómago.

–¿Listos? –preguntó Ágata–. ¡Una, dos y tres!

Levantaron de la silla a Óscar, que pesaba mucho más de lo que parecía, y empezaron a bajar por aquella escalera imposible. Ana y Bea bajaban de espaldas, hombro con hombro, aplastadas hasta no poder respirar entre la pared y la barandilla de madera, que crujía como si estuviera a punto de romperse. Ágata, que sostenía la mayor parte del peso de Óscar, bajaba lentamente, cada vez más pálida. Aún no habían completado el primer tramo de escaleras cuando gimió:

–Necesito un descanso...

Ana y Bea, agradecidas, soltaron con todo el cuidado posible las piernas de Óscar y se dejaron caer en el suelo. Ágata hizo lo mismo al otro lado del cuerpo de Óscar, que se quedó tendido en los escalones como un muñeco desarticulado. Y entonces, al mirarse los unos a los otros y encontrarse en una situación tan absurda, rompieron a reír como si no fueran a parar nunca. Tanto rieron que Adrián, que seguía trajinando arriba con las macetas, acabó también por unirse a ellos. Y esa risa tuvo la virtud de llevarse volando el mal humor y el cansancio, y de dejarlos dispuestos para afrontar con el mejor ánimo aquello que debían hacer.

Muchos descansos y muchos resoplidos después, consiguieron llegar con Óscar a la puerta de la calle. Lo dejaron sentado en el suelo, con la espalda apoyada en la pared, y corrieron escaleras arriba con la respiración entrecortada. Aún quedaba mucho por hacer y no podían perder un momento. Enviaron a Adrián a hacerle compañía a Óscar y, mientras Ágata peleaba desesperadamente para plegar la silla de ruedas, porque no se le había ocurrido preguntar cómo se hacía semejante cosa, Ana y Bea bajaron al patio las dos primeras macetas. Allí, contemplando las flores, esperaron Óscar y Adrián, impresionados de ver el despliegue de energía de las chicas. Bea bajó la tercera maceta y Ana, que resultó tener más fuerza de la que ella misma pensaba, ayudó a Ágata a bajar la silla de ruedas. ¡Por fin estaban todos reunidos en el patio! Despeinados y cubiertos de sudor, es verdad, pero con la satisfacción del trabajo bien hecho. Después de la escalera, les pareció coser y cantar volver a colocar sobre su silla a Óscar, que estaba encantado: si siempre le gustaba salir a la calle, hacerlo por primera vez con sus amigos era una auténtica fiesta.

Fue una extraña procesión la que recorrió lentamente el callejón del Agua y otras calles del barrio aquella tarde. Ágata empujaba con decisión la silla de un Óscar sonriente, que apretaba contra su pecho la maceta amarilla rebosante de geranios morados. Tras ellos iba Adrián, arrastrando su pierna y silbando a pleno pulmón una canción desafinada que improvisaba sobre la marcha. A sus silbidos desafinados se unía tímidamente Ana, que sostenía la maceta azul llena de claveles rojos, y con más entusiasmo Bea, que llevaba con mucho cuidado la maceta roja en la que relucían las margaritas blancas. La gente se volvía a mirarlos, divertida, y casi todos los niños los señalaban con el dedo y trataban de irse tras ellos. Si les hubieran dejado, aquello hubiera sido peor que lo del flautista de Hamelín...

Seguidos por las miradas de todos llegaron por fin a la esquina del quiosco de Virtudes, donde se detuvieron a respirar hondo antes de dar el último paso.

–No le demos más vueltas –dijo Ágata con decisión–. Ha llegado el momento de demostrarle a Bruno de lo que somos capaces.

Tenía razón. Bruno había confiado en ellos, y no tenían intención de defraudarle. Y, si habían llegado hasta allí, seguro que eran capaces de empujar la puerta. De poder cruzarla ya no estaban tan seguros... Bea, en un arranque de energía, gritó:

–¡Adelante!

Y todos la siguieron sin pensar. Antes de poder arrepentirse se encontraron apiñados ante el mostrador de Virtudes, abrazados a sus macetas y sin saber qué decir. Contra su costumbre, Virtudes tampoco dijo ni hizo nada. Ni un grito, ni un mal gesto... ¡Ni siquiera un escobazo para espantarlos como si fueran perros! Parecía hipnotizada. Una y otra vez sus ojos iban de las manos de Óscar a las de Bea, de allí a las de Ana y vuelta a empezar, de los geranios a las margaritas, de las margaritas a los claveles. Cinco pares de ojos la miraban sin pestañear, y se abrieron todavía un poco más cuando en sus labios fue apareciendo una mueca inesperada. Seguramente por la falta de práctica, la mueca tardó una eternidad en convertirse en sonrisa, pero acabó por lograrlo. ¡Resultaba que el dragón sabía sonreír, después de todo! Y la voz de Virtudes sonó casi dulce cuando dijo:

–¡Son preciosas! Pero deben de pesar mucho... ¿Queréis dejarlas sobre el mostrador?

La respuesta fue un coro de gritos desafinados. Ana lloraba a lágrima viva, Bea saltaba sobre la punta de los pies, Adrián y Óscar reían a carcajadas, Ágata tenía los ojos sospechosamente brillantes... Dejaron las tres macetas sobre el mostrador, que nunca había estado mejor adornado.

–Son para ti –dijo sencillamente Adrián.

–Las hemos plantado nosotros –añadió Bea.

–En realidad, vienen de parte de Bruno... –explicó Ana, con su vocecita tímida.

Ahora sí, ahora había lágrimas también en los ojos de Virtudes. No les cabía ninguna duda de que habían conseguido llegar al corazón del dragón, ni de que era mucho menos fiero de lo que pensaban. Y unos minutos después, enjugadas las lágrimas, se encontraron charlando tranquilamente con Virtudes como si no hubieran hecho otra cosa desde que la conocían. Adrián aprovechó el momento para sacar la llave oxidada, que llevaba siempre colgada al cuello para no perderla.

–Virtudes –empezó, un poco inseguro–. Creo que tú sabes qué se abre con esta llave...

–¡La llave! –casi gritó Virtudes–. Pensaba que se había perdido entre tantos trastos... Claro, debí caer en que Bruno os la daría a vosotros.

–Estaba en la caja de zapatos que nos diste –explicó Ana–. Pero no ha sido fácil llegar hasta aquí...

De pronto, la mano de Virtudes entró y salió rápidamente del bote de las gominolas y dejó un buen puñado sobre el mostrador, al alcance de todos. Y, mientras disfrutaban de aquella inesperada golosina, más sabrosa por venir de donde venía, dejaron que Ágata le explicara con un poco más de detalle en qué había consistido el último juego de Bruno. Virtudes, con la cara encendida, exclamó:

–¡Él era así! –Y añadió inmediatamente–. Venid conmigo. Habéis completado el juego y el tesoro es vuestro, como quería Bruno.

La siguieron con dificultades, luchando para que la silla de Óscar no tropezara con nada, y cruzaron tras ella la pequeña puerta que quedaba al fondo del quiosco. Allí, en medio de una habitación llena de polvo y trastos, reposaba un baúl de madera de tamaño mediano que atrajo las miradas de todos.

–¡El tesoro! –gritaron todos a la vez.

Adrián se acercó al baúl con mucha solemnidad y metió lentamente la llave en la cerradura, que se abrió con un chasquido. Y dentro del baúl, perfectamente ordenados, estaban todos los libros de piratas que Bruno adoraba, la fuente de la que procedían todas las aventuras que les había contado a lo largo de tantas y tantas tardes. Se quedaron sin palabras contemplando aquel regalo inesperado, con los ojos brillantes de emoción y la respiración entrecortada. Antes de que se atrevieran a tocar su herencia, Ágata susurró:

–Hay otra carta...

Pegado por dentro a la tapa del baúl se balanceaba un sobre en el que no habían reparado, y que Adrián cogió con determinación. Leyó con voz firme la última carta de Bruno:

> ¡Enhorabuena! Estaba seguro de que lo conseguiríais. Ahora que habéis aprendido que las apariencias engañan y que no es tan fiero el dragón como lo pintan, espero que disfrutéis de mi regalo. ¡Los cinco, por supuesto! Tenéis por delante muchas horas de buena diversión... Y espero, sobre todo, que sigáis siendo tan buenos amigos. Y que no os olvidéis nunca de este viejo que tanto os ha querido.

Las lágrimas corrían por todas las caras, también por la de Virtudes. Y, entonces, dijo algo que nadie esperaba:

–¿Sabéis cómo llamaba Bruno a esta habitación? Los mares del sur...

–¿Por qué? –preguntó Bea, que no podía estarse callada.

–Porque aquí se encerraba a soñar con todos los mares del mundo, como haréis vosotros... –explicó Virtudes, en voz muy baja. Y añadió, casi entusiasmada–. ¡Podemos poner aquí las macetas! Entra el sol por la claraboya del techo y crecerán bien. Así tendremos flores en los mares del sur...

¡Era una idea fantástica! Pero Bea, sin querer, rompió el encanto al señalar:

–No podemos venir todos... Óscar no puede.

Pero, sin darles tiempo a entristecerse, Ágata hizo una proposición más extraordinaria todavía:

–¡Si quiere, puede! Si se viene a vivir conmigo, no hay ningún problema para bajarle a la calle en ascensor... –Y, para romper la tensión del momento, añadió con una carcajada–. ¡Me he quedado sin gatos y necesito compañía!

Todos miraban a Óscar, expectantes. Y Óscar, tan emocionado que no podía articular nada con sentido, agitó desesperadamente la cabeza para decir que sí. Entonces estalló una tormenta hecha de risas, de besos y de abrazos. Una tormenta como nunca se había visto en aquel quiosco ni en ningún otro del mundo. ¡Ni en ninguno de los siete mares!

La procesión que desfiló por las calles del barrio, de vuelta al callejón del Agua, era menos llamativa que antes pero mucho más alegre. Ahora no iban cargados de flores, porque habían dejado las macetas bien instaladas en los mares del sur, pero tenían el ánimo tan ligero que les parecía que flotaban. Incluso Adrián, que se había olvidado por completo de esa pierna suya tan antipática, caminaba a buen paso. Y, aunque subir a Óscar a casa les costó una hora, varios litros de sudor y algunos cardenales, no se quejaron ni una sola vez. ¡Todo iba a ser más fácil a partir de ahora!

Una semana entera estuvieron peleando por las malditas escaleras con todas las posesiones de Óscar, y arrastrándolas después por medio barrio hasta casa de Ágata. Y menos mal que un camión de mudanzas se llevó las cosas grandes, que si no... El ascensor, aunque desvencijado y chirriante, resultaba un alivio tan grande que hasta Bea estaba empezando a cogerle cariño. Ágata arregló para Óscar una habitación preciosa, desde la que podía contemplar a todas horas las plantas que cuidaba Elisa en su terraza. Una Elisa que ya no torcía el gesto cuando le hablaban de la señora de los ojos verdes... ¡Óscar le parecía muchísimo mejor como vecino que aquella caterva de gatos malolientes!

Cuando volvieron por fin al quiosco, dispuestos a perderse por los mares del sur en compañía de Bruno y sus piratas, encontraron todavía una sorpresa con la que no contaban. ¡Virtudes había dejado aquella habitación como nueva! El polvo y los trastos habían desaparecido como por encanto.

Por la claraboya, ahora limpísima, entraba un sol radiante que caía directamente sobre las tres macetas, haciéndolas brillar con colores deslumbrantes. En el centro había puesto una mesa pequeña, sobre la que Ágata dejó con alivio la cesta de la merienda, y unas cuantas sillas de madera cubiertas con cojines blancos. Y desde la pared, justo detrás de las macetas, una fotografía de Bruno les contemplaba sonriente. La guarida del dragón volvía a ser el palacio del rey, como antes. Y puede que esta vez fuera para siempre...

Desde entonces, cada tarde, los cinco amigos se reúnen en esa habitación a merendar y a leer en voz alta, por riguroso turno, todas las historias de piratas que se han escrito en el mundo. A veces Virtudes merienda con ellos, pero nunca se queda mientras leen. Esas historias le recuerdan demasiado a Bruno, aunque se dejaría matar antes de admitirlo, y le sube a la garganta un nudo que no sabe cómo deshacer. Y a ellos, mientras navegan por mares soñados, se les olvida todo lo que no marcha bien. Óscar sueña que su silla de ruedas es un barco velero y Ágata no se acuerda que le duelen los huesos, ni de que sus vecinos piensan que sólo es una vieja chiflada y medio bruja. Los ojos de Ana ya no se llenan de lágrimas tan a menudo como antes, porque una auténtica pirata no puede permitirse llorar por tonterías, y hasta el mal humor de Bea se ha dulcificado desde que forma parte de la tripulación del más osado de los navíos. Pero seguramente el más feliz de todos sea Adrián, ahora que su pata de palo ha dejado de ser una desgracia para convertirse en el orgulloso símbolo de su condición de pirata.

ÍNDICE